LA VOCATION

DU MÊME AUTEUR

Sacré Paul, NiL éditions,
prix du Premier roman, 1995
Le Plus Jeune Métier du monde,
NiL, éditions, 1999
Fonelle et ses amis, NiL éditions, 2002
L'Amour dans la vie des gens, Stock, 2003
Le Savoir-vivre efficace et moderne,
NiL éditions, 2003
Fonelle est amoureuse, NiL éditions, 2004
Sublime amour, Robert Laffont, 2005
Nouba chez les psys, J'ai lu, 2009
Otages chez les foireux, J'ai lu, 2009
À Moscou jusqu'au cou, J'ai lu, 2009
Grandir, Robert Laffont, 2010
L'Envie, Robert Laffont, 2011

Sophie Fontanel

LA VOCATION

roman

Robert Laffont

ISBN 978-2-221-18769-2

Pour Marc Ara

La proposition

C'était une journée de fin d'été à Paris, avec la ville encore désertée. On voyait le ciel cru à travers le feuillage des marronniers, il était si bleu qu'il faisait penser à la mer. Elle m'avait invitée là, dans ce luxueux restaurant que j'adorais, près des Champs-Élysées. L'ombre des ramures flottillait sur la nappe blanche, d'une main je jouais des notes, sur les reflets, et de l'autre je faisais tintinnabuler les glaçons dans mon verre.

Pour parfaire ce bonheur, nous parlions d'élégance. Elle s'appelait Valérie. Elle était d'origine arménienne, comme moi. Cela faisait des années qu'elle dirigeait le magazine *Elle*, et qu'elle me dirigeait, moi, par la même occasion. J'avais beau être un électron libre, un écrivain sans horaires ni bureaux dans ce magazine, nous avions appris à vraiment nous connaître.

Ce jour-là, comme souvent, elle me faisait raconter mon histoire. J'aimais évoquer ce que la France et Paris et la mode avaient pu représenter pour mes grands-parents, des émigrants arméniens qui croyaient dur comme fer en l'intégration par l'amélioration vestimentaire. C'était mon héritage. Le seul, au passage – jamais personne dans ma famille n'ayant pu s'enrichir par d'autres moyens. J'étais consciente de posséder un trésor puisque, grâce à cette foi familiale, j'avais l'adoration des beaux habits.

La tête penchée, avec un air concentré et d'une douceur extraordinaire, elle me demandait de le réaffirmer, que j'aimais ce journal.

Je lui disais que oui, qu'il était pour moi l'enjeu d'un optimisme crucial sur le sort des femmes, d'une futilité nourrissante.

Je le redisais que parfois, au moment où plus rien ne comptait, quand j'admettais qu'ainsi j'allais vieillir, et devoir, même avant la fin, accepter ces deuils assommants comme celui de ma jeunesse, de mes belles jambes, de l'amour physique qu'on pourrait me porter, eh bien me réjouissait encore l'idée d'une jupe sublime.

Je le redisais que, sans l'élégance, sans une idée que je m'en étais faite très tôt, je serais morte. Les vêtements avaient été chez moi de telles mains tendues vers les autres, une telle aide au contact, à bien y penser c'était à en suffoquer de gratitude pour mes parures.

« Tu vois, Valérie, la Bible associe l'habit et la lumière, eh bien moi, pas très pieuse, j'ai fait pareil : j'ai essayé de m'enluminer. Si je ne suis pas née vraiment belle, j'ai pu accepter un doute immense, rien que par une robe, parce qu'elle me faisait des épaules gracieuses et qu'elle me donnait un genre. Je suis convaincue que ce n'est pas vain. Les premières traces de chaussures chez l'homme date de douze mille ans... ça a un sens. »

Et, aveu terrible :

« J'ai toujours préféré la mode au monde.

— Je sais, Sophie. »

Elle me fixait, le verre à la main. Quelque chose de bien mystérieux lui courait sur les lèvres.

« Pourquoi tu me regardes comme ça ? lui demandai-je.

— Je songe à te nommer directrice de la mode au journal. Comme une mission. »

Nerveusement, j'éclatai de rire. C'était le ronflant du titre. Ou le mot mission. Je songeai à mon dégoût du pouvoir, à l'asservissement de diriger les autres, de diriger quoi ce soit d'ailleurs. La vanité hilarante de tout ça. Quoi qu'il en soit, mon rire s'essouffla. Si j'étais honnête, l'heure n'était pas à la dérision. Valérie avait les sourcils froncés avec lesquels elle abordait toujours une négociation. Son regard, d'une probité anxieuse, ne contenait pas la moindre ironie.

« Accepterais-tu ce poste ? Ça engloberait aussi bien la manière d'écrire sur la mode que notre façon de la montrer. »

Je me taisais, c'était insolite. J'adorais parler.

Elle continua :

« Je pense que ce travail est fait pour toi. J'ai bien conscience que ton métier est avant tout l'écriture, mais si ce n'est pas à des passionnés comme toi qu'on donne les clefs de la mode, alors à qui les donner ? Nous sommes arrivés à la fin d'un cycle dans la mode. Les filles font la tête, aujourd'hui, dès qu'elles posent devant un objectif. Les photos de papier glacé semblaient radieuses autrefois, pleines de sève, de vie, est-ce que c'est nous qui avons vieilli ? Je ne le crois pas. Une morbidité est apparue. Il faudrait réenchanter ce métier. Bien sûr, tu n'es pas un magicien. Mais ça pourrait t'intéresser d'essayer. Je sais que ces choses te captivent. Avant que tu me répondes, je te demande d'avoir à l'esprit que cette mission comporte son lot de servitudes. Pour commencer, il faudra venir au journal, animer une équipe au quotidien, résoudre des problèmes les uns après les autres. »

Elle ajouta, honnête jusqu'au bout :

« Souvent, vois-tu, les choses qui ne se refusent pas annoncent le début des emmerdements. Serais-tu capable de te discipliner ? »

C'est vrai, pouvais-je envisager la perspective de devoir me rendre chaque jour dans des bureaux qui semblaient, du peu que j'en avais vu jusqu'à présent, dédiés à l'uniformité ? Dans la vie, pendant des années, j'avais réussi à fuir la plupart des

conventions, j'avais su éviter le mariage, l'enfante-
ment, presque tous les liens classiques aux autres.

« Ce rôle que tu me proposes de tenir, on ne
pourrait pas plutôt l'appeler *"fashion director at
large"* ? »

Il me semblait que, en anglais et ainsi libellé, on
plaçait dans ce titre la dose d'hélium qui nous sau-
vait de la pesanteur.

« Non. »

Elle avait raison. Il faut bien, à un moment, appeler les choses par leur nom.

« Tu peux prendre un peu de temps pour y...

— J'accepte le poste. »

La vocation tremblait fort en moi. L'ombre des
arbres continuait de moucheter la nappe et mes
poignets. Cette peau tachetée me faisait penser à
ma grand-mère disparue. À ses mains feuilletant les
journaux de mode dans sa maison de jadis, rue
d'Alésia à Paris. D'un coup de langue furtif, elle
s'humectait l'extrémité de l'index, elle tournait les
pages avec cérémonie. Elle avait pour ces magazines les égards qu'on a pour une partition. J'aurais
voulu qu'elle soit là aujourd'hui, pour lui clamer
mon destin. Est-ce que les morts nous voient ? Je
levai la tête vers une brèche dans les feuillages,
entre deux arbres. Mais là-haut, il n'y avait rien que
l'azur, indifférent.

La plus complète solitude est dans tout.

« Hé, ça va pas te faire pleurer ? » s'affola Valérie.

Le détroit des Dardanelles
Turquie, 1922

Ma grand-mère entend monter à bord du navire *Le Tesoro* avec cinq *Vogue*. De ses biens, il ne lui reste plus rien, sauf ces revues que son père avait pris l'habitude de rapporter de Suisse, pour la famille, et un numéro plus récent trouvé dans la rue à Istanbul, la nuit contre un mur, en guise de prédiction. Elle a vingt-deux ans. Cela fait sept ans que ses parents, grands-parents, frères, sœurs, sont morts, et qu'elle se cache le jour, en cousant des robes dans des caves d'Istanbul. Les quelques autres membres de sa famille, du reste fort éloignée, ont émigré en Amérique du Sud, à Montevideo, et le seul proche qui lui reste, c'est son mari, jeune et dépossédé, comme elle. Il va devant, à la manière orientale, et elle, elle le suit.

S'ils partent, c'est qu'une nouvelle vague d'hostilités, de la part de l'État turc, attise leur panique. Ils ont le sentiment que, en ce pays, on vous tuera toujours. Ils n'en peuvent plus de la mort.

14

À l'embarquement, on pèse les bagages, il y a un maximum autorisé. Une balance officielle est là, catégorique. Elle trône sur le quai. Si votre paquetage laisse cette balance en suspens sur fond d'azur, aussi équilibrée que la raison, c'est merveilleux. Si ce n'est pas le cas, si ça penche trop, on vous fait déballer vos affaires pour voir ce qui, là-dedans, est superflu. Les Arméniens acceptent cette règle parce que, chaque jour, pour ces milliers de gens pris dans l'absurdité de la fuite et des massacres, le moindre repère ressemble à la paix.

Les *Vogue* sont superflus, c'est ce qui fait leur valeur aux yeux de ma grand-mère. Ce qui l'amenait à les fêter quand son père, de son dos, les faisait apparaître à ses retours de voyage. Un à un, elle les retire du paquetage. Il faut les poser par terre. Le papier glacé n'existe pas encore, pourtant sur le sol c'est comme si les revues étincelaient au soleil, à cause de leur luxe méprisant. Ma grand-mère a beau être en deuil, avoir un père qu'on a pendu, ces revues laissent à penser qu'elle ne porte pas le deuil. Dans la file d'attente, chacun remarque les cheveux acajou de cette jeune femme, ses yeux acajou, ses lèvres acajou, sa peau nacrée, l'aplomb qui lui sert de beauté, l'ensemble de ce qui, chez elle, ose repousser le malheur.

Une fois le dernier *Vogue* ôté du paquetage, seulement alors la balance consent à l'apesanteur.

«Les revues, je les laisse», elle annonce à l'employé des douanes.

On dirait que c'est une décision qu'elle prend, et non qu'elle en est réduite à cette dernière extrémité.

Elle ouvre un des *Vogue*, en arrache une page, et la glisse, pliée, sous sa manche.

Ce n'est pas encore fini. Elle dresse un doigt vers son mari, le menu jeune homme devant elle, façon de signifier : «Tu vas voir...» Elle se tourne vers les Turcs qui, désormais, viennent regarder s'embarquer les Arméniens. Une fois les bateaux partis, penauds, ils sont une cinquantaine à se répartir les excédents de bagage. Elle se baisse pour récupérer ses revues, là au milieu des tapis, des céramiques de Kütahya, des casseroles, elle empile son trésor dans ses bras.

Ensuite, elle se dirige vers les badauds.

Ces Turcs sont venus pour se servir, pourtant ils sont gênés.

Tranquille jusqu'à l'insolence, elle considère ces gens assemblés. Qu'est-ce qu'elle cherche? Est-ce qu'elle le sait elle-même? Elle semble les évaluer un à un, ces spectateurs, un à un les récuser. Soudain, elle va vers un garçon splendide dont, dira-t-elle, elle a remarqué les babouches ouvragées, différentes. Il a aussi des doigts longs, faits pour l'esprit, avec lesquels, nerveusement, se sentant visé, il tripote la ficelle de son burnous. Une fois près de lui, elle voit qu'il a des cils d'ânesse. Elle ne s'est pas trompée.

Elle dépose les cinq *Vogue* devant les babouches couleur mandarine :

« Tiens, c'est pour toi. »

Le jeune homme est fasciné. Les revues s'étalent en éventail, montrées par la main d'un mage. Ma grand-mère, son cœur battant lui sort du buste. Sur ce quai de l'exode, du malheur et de l'expropriation, ce n'est pas rien de donner quelque chose à un ennemi qui vous a déjà pris l'essentiel. Par là-bas, les Arméniens bourdonnent d'indignation. Qu'est-ce qui lui prend, à cette femme ? Pour le jeune homme non plus, rien n'est évident. Les magazines dans les jambes, il dodeline de la tête, il fait l'hésitant. Dans la foulée, il dévore le cadeau des yeux. Ce présent lui correspond si parfaitement qu'il en a les oreilles écarlates.

La vie de bureau

Ce *Elle*, c'était en banlieue parisienne un long immeuble, des couloirs, et nous. Au cinquième étage, l'emplacement 522 avait été affecté à la directrice de la mode. La beauté de mon service, c'était que, à tout moment, si la monotonie des lieux se faisait trop pesante, on pouvait aller se promener entre des portants entiers de vêtements.

Mais ensuite, il fallait retourner à son bureau.

J'avais refusé le traditionnel meuble blond dit « à retour », allusion à l'excroissance qui, une fois que vous étiez assis, le faisait revenir vers vous, telle une entrave. Du reste, il n'était même pas en bois véritable. J'avais choisi, dans la réserve de l'économat, une petite table sobre et carrée, radié les étagères, armoirettes, cassolettes à dossiers, et tiroirs à roulettes, cadrounets supposés accueillir les photos de mes proches.

« Où on va mettre les choses ? » s'était inquiétée mon assistante, Mado.

Par curiosité, je lui avais demandé de m'énumérer ces broutilles à ranger.

Elle avait dit :

« Je ne sais pas : rien que les sommaires, les parapheurs, les documents confidentiels... »

J'étais bêtement étonnée qu'il y ait ce genre de contraintes en mode. Est-ce que la mode, ce n'était pas plutôt des défilés à aller voir, des séances photos dans de beaux studios ?

S'agissait-il là de ce que Valérie avait appelé le « début des emmerdements » ?

J'avais secoué les bras devant moi, ces détails devaient rester loin de mon âme.

« D'accord », avait dit Mado, conciliante.

Mado était un être calme, blond, ordonné, exquis. Pour autant, l'idée de réinsuffler un peu de fantaisie dans la mode la ravissait. Elle m'avait accueillie à bras ouverts, moi la parachutée.

Assise devant moi dans mon bureau, le cahier et le stylo à la main, elle attendait mes instructions. Ça me laissait perplexe. Qu'étais-je supposée dire ou faire ? Par quoi commencer ? Bien vite, en réalité c'est Mado qui me dictait qui appeler, qui rappeler, à qui répondre.

Un combiné énorme, posé sur ma table de travail, à la fois fonctionnel et invasif, s'allumait en permanence. Il me rendait nerveuse. Il clignotait et carillonnait, je le regardais jusqu'à ce qu'il s'arrête de lui-même.

Parfois, Mado passait la tête dans mon bureau et s'écriait :

« C'est moi qui suis en train de te refiler une communication. Décroche donc ! »

Des gens que je connaissais à peine appelaient pour me féliciter. Ils déploraient qu'on se soit si peu vus ces derniers temps. Ils avaient appris ma nomination et proposaient qu'on déjeune.

La communication terminée, je disais à Mado :

« Encore quelqu'un qui veut me voir, je fais quoi ? »

Et Mado :

« Tu y vas. Ceux que je te passe, c'est ceux que tu dois rencontrer. Ce sont des gens de marques importantes qui veulent te connaître.

— Je les connais déjà. Ça fait vingt ans que je vais aux défilés, que j'écris là-dessus.

— Ils veulent juste s'assurer que tu ne vas pas tout changer.

— Ah bon, je ne vais pas tout changer ? »

Elle pouffa de rire.

Je faisais l'ignorante, je la savais, pourtant, la règle du jeu. Ces gens, via les pages de publicité, investissaient chez nous des sommes mirobolantes. Ils s'attendaient à une bonne dose de gentillesse en retour. Voilà pourquoi il valait mieux se parler et bien se comprendre. Tel était le fameux monde de la mode.

C'était juste que là, ils me tombaient tous dessus en même temps.

« Et les autres ?

— C'est ceux que tu verras plus tard.

— Ce ne serait pas plus intéressant de partir des vêtements qu'on aime ? De partir vraiment du désir ? Plutôt que de discuter en théorie ? »

Elle, attendrie :

« C'est beau parce que tu es toute fraîche. »

Elle me proposa un petit café, en réconfort.

Et moi :

« Ces gens que je vais voir se fichent des vêtements, c'est ça ?

— Disons qu'ils t'en parleront moins que tu ne penses.

— Mais alors, ils vont me parler de quoi ? »

Ample silence.

Je rajoutai un sucre dans mon café.

« Et qu'est-ce je leur dis, à ces gens, au téléphone ?

— Tu dis que tu les verras avec joie et après tu me les repasses et moi je prends une date pour un déjeuner.

— Je n'aurai jamais assez de déjeuners pour tous !

— Y a les petits déjeuners aussi. Et les dîners.

— Je ne vais plus arrêter de manger, à ce rythme.

— Pas si tu ne prends que des fraises des bois. »

Le premier mois, vraiment, je ne comprenais rien à mon travail. En plus de mon équipe composée de stylistes, quelque cent personnes fabriquaient ce journal : journalistes qui écrivaient les articles, gens de l'editing qui titraient les articles, gens du secrétariat de rédaction qui colmataient les failles orthographiques des journalistes, gens de la maquette qui organisaient les pages comme un gros jouet, gens de la fabrication, gens de la production, gens du service des ventes, gens de la régie publicitaire qui vendaient des pages du magazine à des marques.

Ces gens allaient et venaient dans le couloir. Ils couraient vers des réunions où moi-même, apprenais-je, j'étais conviée. J'emboîtais le pas de mes collègues, me retrouvant vite autour d'une table, où chacun avait des informations à partager. On faisait un point, c'était ça le terme. On s'inquiétait de savoir si ça allait, de mon côté. Je n'avais pas de classeur, il m'en faudrait un. Je n'avais pas de crayon : depuis l'enfance, dès qu'on me prêtait quelque chose de ce genre, je le perdais.

Soudain, on me demandait où j'en étais, dans la partie mode.

J'improvisais en bafouillant.

Valérie, aussitôt :

« Laissez-la atterrir. »

On passait à d'autres secteurs. Il fallait proposer des concepts : qu'est-ce qu'on imaginait pour parler de Noël, pour les numéros creux de janvier, pour les soldes, pour la sortie d'un film, pour une star qui ne voulait rien dire, comment parler d'elle? Que lui demander? Quelqu'un osait une suggestion, on passait deux minutes à la trouver géniale, puis deux autres minutes à la déchiqueter, il en fallait une autre. Qui en avait une meilleure? Quelqu'un de neuf en ces lieux, par exemple? J'espérais qu'on m'oublie. On se tournait vers moi :

« Tu en penses quoi, Sophie?

— Euh, on n'aurait pas une petite soif? » je blaguais.

Leur pulsion d'attraper le rire, en une seconde, de se le repasser dans un volley furtif, si jouissif puisque c'était volé à la sacro-sainte « présence sur le lieu de travail ».

Et Valérie :

« Tu nous fais des digressions. »

Elle avait le mot exact pour chaque comportement. C'était un grand chef.

La réunion terminée, une fois, je suivis Valérie dans son bureau, le dos piteux :

« Valérie, si la mode est la créativité, il faut que tu saches que je ne suis capable d'inventer que dans le silence, l'euphorie, la marche ou le sommeil. Ou en nageant. Voilà, je suis comme ça.

— Je sais, Sophie. Prends ton temps. Tu veux un thé?

— Oui. »

Elle nous le prépara. On sentait que ses sachets ravissants remisés dans un tiroir étaient l'objet d'un rite, que ça lui faisait du bien.

« Je n'ai qu'une tasse, me dit-elle.

— C'est pas grave, je vais prendre un verre à la fontaine à eau. »

Quelques instants plus tard, je repliai les doigts sur le gobelet recyclable :

« Valérie, est-ce que je vais être à la hauteur ?

— Mais oui.

— C'est quoi, mon travail, au juste ? »

Aussi absurde que soit ma question, Valérie ne montra aucune surprise. Mon prédécesseur, une femme talentueuse, était partie dans un autre journal. Elle n'avait guère eu le temps de m'expliquer les dispositions de son royaume. Il était évident que je ne pouvais, du jour au lendemain, maîtriser les rouages d'une machine complexe.

« Le plus important : il faut que tu trouves de belles histoires à raconter à travers des photos de mode.

— Oui, de belles histoires. »

N'étais-je pas écrivain ?

L'arrivée à Marseille

1923

Comme la plupart des émigrants arméniens, ils arrivent en France via le port de Marseille. On ne sait trop sur quels critères le Bureau des émigrés attribue les emplois, puisque mon grand-père, si frêle, est affecté à décharger les vertigineuses palettes des cargos. Ce qu'il a, c'est qu'il est ouvert. C'est lui qu'on repère au milieu des dix hommes, il y a quelque chose de lui qui vient vers vous. Il s'est pris de passion pour la vie portuaire. Ici, tant d'hommes de tant d'origines différentes. Adieu les limites des montagnes. La mer n'était pas loin de Brousse, pourtant elle semblait inatteignable. Ici, il découvre l'universalité. Sans les exécutions dans sa ville, il n'aurait peut-être jamais quitté la Turquie. Il voulait être professeur d'arménien. Maintenant qu'il a un passeport d'apatride, statut aujourd'hui disparu, il s'absorbe à fond dans son nouveau destin. Sa part intellectuelle le pousse à bonifier les circonstances. Les échardes énormes, en passant au travers de ses gants, le font presque rire.

« Quand je demande si c'est possible d'avoir des gants neufs, tu sais ce qu'ils me disent, Méliné ?

— Non.

— Ils me disent "Oh ça non ! Pas possible." »

Ils se répètent cette phrase française, en riant. Les impossibilités leur semblent ridicules.

« Méliné, je suis assez heureux, tu sais. »

Il le murmure, n'ose le proclamer, c'est si irrévérencieux envers leurs morts.

« Et toi, est-ce que tu es heureuse ? Est-ce que les gens sont gentils avec toi ? »

La gentillesse est pour lui le symbole absolu du bonheur. Dieu sait ce qu'ils ont traversé en Turquie.

« Oui, oui, je suis heureuse... »

Pas tant que ça. Il le voit et c'est sa zone d'inquiétude. Il a cette femme couleur acajou, il sait ce bois rare (quand ce bois arrive par cargos, des hommes du port sont postés devant les containers pour prévenir le vol ou les dégradations).

« Tu n'es pas d'avis qu'ici, c'est splendide ? »

Un verre de raki à la main, il désigne l'azur et les toits roses, d'un ample geste de patriarche qu'il a pris à son père, prêtre orthodoxe.

« Oui, oui... »

Elle veut bien admettre que la ville est lumineuse, orientale par certains aspects, que ce quartier près du port, où ils ont trouvé refuge, fait un peu penser au pays, la mer en plus. D'autres Arméniens ont eu moins de chance, ils sont rassemblés dans des camps auxquels Irant et Méliné ont miraculeusement échappé. C'est consciente de sa bonne fortune qu'elle se pose, placide, à l'ombre d'un platane, et confectionne à l'aiguille des napperons de dentelle, en dégustant des olives auprès des compatriotes. On lui a dit que les napperons pouvaient se vendre. Elle en fabrique. La logeuse lui apprend des rudiments de français. Elle est enceinte.

Le plus important : à n'importe quelle heure de la journée, Méliné déplie la page du *Vogue*, arrachée sur le quai de Tchanakalé. Cette page a survécu à la vie à bord du *Tesoro*, à la promiscuité avec trois cent cinquante personnes, à des camps de transit sur l'île de Céphalonie en mer Égée, à Corfou, à la crasse et aux fièvres qui l'ont fait gondoler, déjà qu'elle était froissée. C'est un dessin. La mode est souvent présentée ainsi, à l'époque. L'illustration montre une femme devant une voiture mauve, au bord de la mer. La femme habillée de jersey, la veste ouverte sur des rangs de perles bien trop abondants pour que ce soit raisonnable. Ce degré de raffinement vous aide à vivre. Et puis, c'est écrit, en légende : «Ensemble La vie de plage» de Coco Chanel.

À qui en parler ? Quand elle sait assez de français pour exprimer une pensée personnelle à la logeuse, elle tente :

« Vous, aimer Chanel ?

— Ah, je ne connais pas de Chanel, madame Méliné. C'est quelqu'un supposé habiter ici ?

— Oh ça non. Pas possible. »

Le déjeuner avec Bruno

J'arrivai dans le restaurant, près de l'avenue Montaigne, il était déjà là, affairé sur ses téléphones. Il s'appelait Bruno, il travaillait pour une marque de luxe. Raffiné, d'une minceur problématique bien qu'irrésistible, de grands yeux d'elfe, mais la bouche, une serre. Il était directeur de la communication de cette maison de couture. Direction monde. C'était son métier de rencontrer des gens comme moi, alors il le faisait.

Il me connaissait par la force des choses, depuis des années que j'écrivais sur la mode. Nous n'avions jamais déjeuné ensemble.

Pour l'heure, il me détaillait le pouvoir qu'il avait réussi à prendre. Non pas tant sur les journalistes (cela allait de soi) que sur cette maison prestigieuse dont il n'était, *a priori*, qu'un rouage. Il avait lutté pour avoir cette place, elle était en or, sauf que l'or peut fondre à des hautes températures, et il le savait, il ne savait que ça. Il l'énonçait les paupières baissées, avec une nuance redoutable dans ses yeux d'elfe, comme si cette lucidité, cette franchise, allaient bientôt expliquer une pression qu'il pourrait faire peser sur moi.

« Est-ce que tu as peur ? j'avais demandé.

— De quoi ?

— Je ne sais pas.

— Loin de là. »

Il était plus fermé encore que ses téléphones qu'il déverrouillait à chaque instant sans raison. Prenait tous les appels. Il y avait des gens à qui il répondait d'un ton sec, et d'autres avec lesquels il badinait, c'était pire, on sentait que c'était à lame découverte. Je l'entendis plaisanter avec quelqu'un de son équipe, à propos d'une journaliste : « Je lui ai mis le couteau dans les reins. Attendons. »

Il raccrocha.

On n'avait rien à se raconter, c'était effrayant.

Je tentai :

« Il était très beau, le dernier défilé. Ce volume des jupes, ces tailles très hautes... »

Et lui :

« Ah oui, les jupes... »

Les détails ne l'intéressaient pas plus que ça.

Je voulais partir, ma fonction et une élémentaire politesse m'en empêchaient. Pourquoi avais-je accepté ce poste ? Il y a un mois, je vivais par les mots, dans le silence je les écrivais, et ils me parlaient. J'avais une bonne intelligence, tant pis si ce n'était qu'avec moi-même. J'étais une journaliste comblée et indépendante. Et maintenant, devant ce mur...

« Comment tu es arrivé là, Bruno ?

— Dans cette maison ?

— Dans la mode.

— Je viens de Clermont-Ferrand.

— Tu veux pas me raconter ?

— Non. Tu finis pas tes fraises des bois ? »

Nous étions dans la rue. Le déjeuner, il avait duré trente-cinq minutes. Il regardait sa montre, étonné. Même lui, homme pressé, se trouvait idiot d'avoir une heure à tuer avant son prochain rendez-vous. Il me demanda si je voulais un sac, si cela me ferait plaisir. Il cherchait à se faire pardonner cette rencontre avortée, ou il avait le professionnalisme de placer ses sacs tels des pions sur un échiquier. On aurait dit chez lui une déformation professionnelle molle et lassée.

Il faisait beau, on aurait pu bronzer si on avait eu le temps. On l'avait, en plus. J'en fis la remarque, il éclata de rire. Diverti, il était plus agréable. Il demanda :

« Pourquoi tu as accepté ce poste, toi ? Qu'est-ce que tu viens faire dans cette galère ?

— J'ai l'adoration des beaux habits.

— Ah ben raison de plus ! »

Il avait de nouveau la drôlerie de jadis, quand je ne faisais que le croiser chez des amis du milieu.

«Je te jure, Bruno, j'aime les habits à en mourir depuis que je suis gosse. Tous les matins, avant d'aller à l'école, je me cousais le bas du pantalon pour le transformer en jodhpur. Et je le rentrais dans mes bottes. Et après les cours, j'enlevais la couture, parce que ma mère détestait quand une couture était approximative.»

Il était grand, il se pencha vers moi :

«Ah bon, tu sais coudre?

— Formidablement.

— À la machine?

— Aussi.»

J'ajoutai, car un peu d'espoir me revenait :

«Bruno, tu le savais que Balenciaga, enfant, avait déçu sa famille en demandant une machine à coudre?

— Ah bon?»

Un lueur de regret passa dans ses yeux d'elfe. Il m'avait expédiée, au fond.

Je regardais son dos s'éloigner. Le calme de l'avenue Montaigne, à cette heure creuse. Les berlines noires attendaient feux éteints, mal garées, bien trop fastueuses pour qu'on les verbalise. L'univers de la fortune. Derrière les vitres fumées, les chauffeurs s'ennuyaient. C'était le moment où ils piquaient un somme, en écoutant les rossignols. C'est vers cette avenue que ma grand-mère avait avancé, par bateau, par train, par désir d'accomplissement. Et voilà, j'y étais. Y étais-je?

Le Bureau des émigrés à Marseille

1923

Un jour qu'elle brode un napperon sous un platane au milieu d'autres femmes, elle apprend l'existence de ce fameux Bureau des émigrés. Son mari ne lui a jamais parlé de cet aspect administratif, souterrain, de leur statut. Dès qu'elle comprend que cet endroit est celui où on va quand on veut gagner sa vie, elle file y demander, dans son français balbutiant :

« Travail Paris ?

— Menuiserie », on lui répond.

Elle reste là, les yeux écarquillés. Le préposé au Bureau des émigrés veut savoir, même s'il a déjà sa petite idée sur le sujet :

« Vous êtes menuisier, madame ?

— Ménusé ? »

L'homme lui montre une image. Il a la bonté d'être clair. La Société des transports en commun de la région parisienne recrute des menuisiers pour construire les banquettes des autobus. Il lui montre sa chaise, montre une automobile par la fenêtre, tâche de faire le lien entre une chaise et un quelque chose qui roule. Elle comprend que l'essentiel est de dire :

« Mon mari. Ménusé. Oui.

— Alors qu'il vienne.

— ...

— Qu'il vienne, madame. Venir. »

Avec deux doigts, le geste de jambes qui marchent. Elle hoche la tête.

Ensuite, elle rentre attendre son mari chez la logeuse. À ce poète qui a une formation d'enseignant et porte des palettes de bois du matin au soir, elle annonce la nouvelle :

« Tu es ménusé. On va à Paris. »

Elle lui explique : le Bureau des émigrés, du bois, des automobiles, construire. Mon grand-père a peur de cette femme qui, depuis trois mois qu'ils sont en France, mincit à vue d'œil alors qu'elle attend un enfant, il commence à trouver que ça ne va pas. Il lui montre ses mains de poète. Elle sait qu'il en est un, pourtant il n'a rien écrit depuis l'exode, à part un poème plus court encore qu'un haïku (« Les mots me viennent ») composé sur le bateau.

« Tu me vois, couper du bois ? »

Il a ces traces d'échardes.

« Oui, je te vois, parce que ça sent bon, le bois.

— Tu rêves.

— Nous allons à Paris, je te dis.

— Et tu vas le payer comment, le voyage? Tu vois où c'est Marseille? Tu vois où on est?»

Bien sûr qu'elle voit.

«Tu vois où c'est, Paris, ma femme?»

C'était là-bas au nord comme en haut d'une grande pente.

«C'est très loin d'ici, Paris, ma pauvre.»

Il est désolé, il aurait voulu la combler. Ça lui fait mal au cœur de tourner les talons. Dans son dos, il entend:

«C'est parce que Paris est loin qu'on ne peut pas rester ici.»

Le lendemain matin, elle est de nouveau au Bureau des émigrés.

«C'est d'accord cécité transports. C'est d'accord Paris.»

Ce n'est plus le même préposé. On lui redemande:

«Vous êtes menuisier?

— Oui, ménusé. C'est pour mon mari, c'est d'accord avec monsieur ici hier, elle explique.

— Il a signé quelque chose, votre mari? Signature?

— Non.

— Il doit revenir, madame.»

Venir. Revenir. Elle se doute bien que c'était un peu la même chose.

«Il venir vite.

— C'est bien.

— ...

— Oui?

— Mon mari, il n'ose pas question.

— Quelle question, madame?

— Qui payer traversée? »

Elle ne sait dire «voyage» que de cette façon.

«La Société des transports en commun de la région parisienne prend en charge le voyage.»

Voyage. Pas traversée.

«Cécité Transports payer voyage pour moi?»

Des personnes comme elle, le préposé en voit à longueur de journée.

«Ça dépend. Vous êtes menuisier, vous?»

Il pointe un doigt vers elle. Elle pense qu'on la teste pour savoir si elle aime le métier de son mari.

«Ménusé, beau. Ménusé, bois.

— Je demande en fait si vous savez travailler le bois, madame.»

Il pense que non, sans doute. On ne sait pas comment, mais elle comprend.

«Moi, dentelle.»

Et lui :

«Dentelle?»

Elle ne va pas rater Paris, Chanel, pour un problème de transport.

«Oui. Dentelle ménusé. Mot en français?

— Ah bon, vous êtes ébéniste?

— Oui oui, ébéniste.»

Le préposé doit l'admettre :

«La Société des transports en commun de la région parisienne recrute des ébénistes.

— Venir. Revenir. Signer.»

Pas une des personnes attrapées à Marseille par la Société des transports en commun de la région parisienne ne sait travailler le bois. Peut-être que la Société des transports parisiens préfère ça, au fond. À Paris, cette main-d'œuvre peu chère, largement composée d'Arméniens et de Grecs, s'adaptera à la vitesse de l'éclair. Ma grand-mère se révèlera une trop piètre recrue, dont il faudra se séparer.

Le club d'aviron

Depuis combien de temps durait-elle, cette réunion sur les coûts de production des pages de mode ? Le préposé au budget expliquait que si on groupait les séances photos, on pourrait respecter le calendrier prévisionnel. Je n'osais demander ce que c'était au juste mais, quoi que ce fût, j'étais évidemment pour qu'on respecte le calendrier prévisionnel. Mado prenait des notes.

Dès que la mode avait été un peu moins le centre du débat (on venait de passer à la déco), je m'étais levée, j'avais prévenu :

« Je reviens. »

Valérie avait blagué :

« Tu t'évades. »

On n'aurait su mieux le formuler. Les plaisanteries servent toujours à dire la vérité.

J'étais descendue dans le hall de l'immeuble. La direction des ressources humaines avait prévu nos envies d'évasion. Un tas de flèches indiquaient les

endroits possibles où se distraire : cantine, cafétéria, atrium... Il y avait même une cagnotte à idées.
Une fille devant un comptoir attendait peut-être
que j'évoque les miennes. J'eus honte de passer
devant elle sans m'arrêter.

C'était plus fort que moi : sortir d'ici.

Une fois dehors, j'avais regardé à droite et à
gauche.

Mado m'avait dit qu'à midi, souvent, elle s'achetait une salade, allait la manger sur les berges de la
Seine, non loin. Le seul avantage géographique de
ce journal, dans cette banlieue à l'ouest de Paris,
c'était que nos locaux jouxtaient le fleuve à un de
ses plus beaux endroits, verdoyant.

J'allai vers la Seine.

Ma famille avait toujours vénéré l'eau. Au départ,
à cause de cette étrange situation de Brousse, à la
fois emprisonnée dans les montagnes et proche de
la mer, à ce qu'on disait. Et ensuite, au nom de ce
bateau qui nous avait portés jusqu'en France. Ma
grand-mère, ma mère et ma tante se sentaient
une fierté intenable quand on expliquait aux
Français que, à Venise, les Arméniens possédaient
une île, et que cette île, bien entendu, était sur
l'eau. Elles le précisaient avec une candeur boule-
versante.

J'arrivai bien vite à un talus avec, devant, l'eau.
Ça étincelait au point d'éradiquer n'importe quelle
réunion au monde.

En plein milieu du fleuve, il y avait un îlot, et sur l'îlot, un club d'aviron. Justement, les rameurs étaient à l'œuvre. Ils filaient sur leurs esquifs. Rien que de les envier depuis la terre ferme me faisait éprouver dans mes jambes l'irrésistible propulsion.

L'énergie des rameurs venait résonner avec ma mission. Le fait qu'ils soient ici sur l'eau plusieurs à inventer la même chose, dans la même galère, dans une équipe, le fait que ce soit technique, que ça induise une certaine joie de vivre, le fait que ce soit beau et puissant. Une communauté humaine, aussi petite soit-elle, peut accomplir des miracles.

Oui, je pouvais impliquer mon équipe dans mon rêve, si j'en avais un.

Fixant les embarcations, j'eus ma première idée de série de mode, d'histoire à raconter via des photos de mode, avec l'aide des stylistes : des jeunes filles en robes du soir, bouffantes, remplies d'air, qui rameraient sur les barques, se propulseraient sur l'eau plate. Leurs robes vaporeuses ne toucheraient pas l'eau, elles resteraient, magnifiées, envolées. Dans mon esprit, ainsi habillées, ces jeunes filles riaient du peu de cas qu'elles faisaient du sport. Sur ce plan de la Seine, ce n'étaient plus des sportifs à l'entraînement, c'étaient quatre créatures, avec des bras bien trop minces. Ce n'était pas un problème, puisqu'ils venaient se mettre en harmonie avec les rames délicates, avec l'étroitesse de l'esquif, avec la délicatesse même du sillon dans l'eau, fin comme le bon goût. Il ne me restait plus qu'à trouver, parmi les stylistes de mon équipe, laquelle serait la plus à même de fabriquer ces images.

Je remontai au journal en courant.

Mado m'attendait dans le couloir.

«On t'a cherchée partout?! Où avais-tu disparu?

— Écoute, Mado, j'ai une idée pour le numéro spécial sur la haute couture. Quelque chose avec des barques. Laquelle est la plus douée, parmi les stylistes?

— Ça, aucune idée.

La précieuse hiérarchie les muselait tous.

— Ce serait pas Flèche?

— Euh, c'est pas la plus commode.

— Prends rendez-vous avec elle.»

C'était l'heure du déjeuner, ils étaient tous partis à la cantine. J'étais assise derrière ma table, avec déjà un dossier, par chance fort mince, sur lequel était écrit «factures à parapher, urgent», je me demandais comment réussir à ne jamais rien parapher quand je vis passer dans le couloir une enfant. Pourtant, on n'était pas mercredi (le mercredi, certains venaient avec leurs enfants, n'ayant su où les caser). L'imprimante se mit à crépiter, non loin, puis la chose chétive repassa dans l'autre sens, tenant des feuilles à la main.

«Hé, toi?» lançai-je.

Elle s'arrêta là où je donnais l'impression, par ma question, de le lui avoir ordonné. Elle était vraiment minuscule. On était peut-être mercredi, après tout.

« Tu es avec ta mère ? Tu es en quelle classe ?

— Moi j'ai vingt-deux ans, et j'ai fait un master, me dit-elle d'un ton radical. Je suis assistante. »

Son élocution, bien que le timbre de sa voix fût lui aussi enfantin, dénotait une évidente maturité.

« Comment t'appelles-tu ?

— Haydée.

— Haydée, qu'est-ce que tu as étudié, à l'université ?

— L'ethnologie.

— Les premières traces de chaussures chez l'homme datent de douze mille ans, dis-je.

— Oui. Grotte de Fontanet, en Ariège. Époque magdalénienne. »

Elle était beige du bas jusqu'en haut, comme si on l'avait trempée dans un thé clair.

Du menton, je lui désignai ce qu'elle avait dans les mains.

« Tu les as imprimées pour qui, ces feuilles ?

— Quelqu'un à la mode.

— La mode, c'est moi. »

Cette phrase grotesque me fit tousser de honte. Je me mis à tirer vers la gamine un bout de langue facétieux, pour contrebalancer ce que je venais de proférer. Ma gaieté la mettait au comble de l'embarras.

«Et on te donne beaucoup de travail, dans mon service, Haydée?

— Je n'ai rien à faire»

Un dieu m'envoyait ce petit être.

«Tu aimes la mode, Haydée?

— La mode, je voudrais que ce soit ma vie.

— Tu aimerais aller aux archives?

— Vous en avez?!

— Eh oui.

— Qui remontent jusqu'à quand?

— Ne t'emballe pas. Ça ne va quand même pas jusqu'aux premières apparitions de la chaussure chez l'homme! Ce sont les archives du journal. Elles commencent avec la création de *Elle* en 1945. J'ai besoin que quelqu'un me fasse une recherche et me trouve des images dans un certain esprit.

— Un esprit que j'y mettrais, ou bien un esprit qui serait déjà dans les images?»

Cette question délicieuse me fit l'adorer, en un éclair.

«Si c'est bien ce que je pense, l'esprit sera dans les photos. Des photos de mannequins sur des barques.

— Dans les archives de *Elle*?

— Oui. Je suis sûre que des photographes de mode ont déjà eu l'idée de mettre les models dans des barques. Reconnais que c'est très tentant.»

Elle esquissa une grimace, avec un coin de la bouche, où tremblotait une espèce d'indécision.

«Et si je ne trouve pas?

— Alors on sera les premiers. Comme dans la grotte de Fontanet.»

Je me mettais enfin au travail.

L'arrivée à Paris
1924

Ils habitent vers Montparnasse, Hôtel du Départ.
Un établissement étroit aux chambres minuscules,
cinq étages grouillant de Russes et d'Arméniens.
Elle brode encore des napperons, bien que ce ne
soit pas sous le même climat. Il n'est plus question
de se mettre à l'ombre sous un platane, ni de se jeter
des noyaux d'olive par-dessus tête. Les femmes ici se
retrouvent pour broder à trois ou quatre dans une
des chambres, pendant que les maris sont à l'usine.
Elles se remémorent le pays perdu. Quel que soit le
point de départ de la conversation, par exemple
le bonheur de confectionner de la pâte d'abricot,
cela tourne vite en lamentation de groupe. On fait
revivre les suppliciés. Ma grand-mère quitte la pièce
si on persiste dans cette nostalgie perpétuelle. On
tâche de ne pas remuer les blessures du passé avec
elle. Pas davantage on ne peut discuter devant
Méliné de la misérable condition d'exilé. Elle est,

sur ces sujets, sensible. Elle attend un enfant qu'il ne faut pas traumatiser.

En réalité, ces évocations la rasent. Ce qu'elle aime, elle, c'est contempler les femmes élégantes sur le boulevard du Montparnasse. De l'hôtel, ça fait une trotte. Qu'importe, elle ne peut résister à ce qui lui semble être le centre du monde. Au début, elle n'a pas honte de sa jupe, de son manteau, insignifiants. C'est intéressant d'être neutre, pour elle qui vient d'une petite ville où ses faits et gestes étaient connus de tous.

Elle est même heureuse, grâce à son invisibilité, de pouvoir observer les Françaises.

Notamment une femme la fascine. Elle l'a remarquée une fois, déambulant sur le boulevard, et l'a revue chaque jour, à volonté pour ainsi dire, presque comme si c'était elle, ma grand-mère, qui l'avait créée.

La femme a les cheveux courts, tantôt si gominés qu'une fleur tient dedans, tantôt flous et frais comme l'enfance. Et toujours, les lèvres faites. Elle porte un grand pardessus d'homme, lequel ne lui ôte pas une once de féminité. Un jour qu'elle croise ma grand-mère, le pardessus est ouvert, on peut lui voir au cou, en guise de sautoir, un grand collier fait de coquillages. Pour ma grand-mère, cette femme est un songe, il n'y a pas lieu de se cacher pour la détailler. D'ailleurs, comment cette déesse française pourrait-elle remarquer la présence de ma grand-mère? Parfois, Méliné examine son propre reflet dans une vitrine. Ses longs cheveux acajou toujours attachés par le seul chignon qu'elle connaisse, une boule, la robe noire d'Arménie, là-bas à Istanbul une merveille vendue telle une chose de Paris, ici le néant. Les bas épais de couleur taupe. Les sandales, certes à brides, mais quelle âme sensible à la beauté pourrait s'en contenter? Elle admet son inexistence.

Pourtant, peu à peu, la créature se met à considérer ma grand-mère en penchant la tête. Ma pauvre grand-mère comprend qu'en regardant cette belle femme, elle a été indélicate. Du coup, de honte, et pour réparer, elle commence à changer de trottoir quand elle aperçoit la femme. C'est terrible : même de loin, voici que la Française semble l'interroger. Terreur de ma grand-mère, cette femme a des yeux bleus pâles, si peu courants dans l'univers des Arméniens. Ma grand-mère pense : elle va aller à la police. Et ma grand-mère pense : cette femme est la police. Peut-être n'est-on pas autorisé, en France, sur un boulevard, même si on est invisible et inoffensive, à examiner les Françaises? Peut-être qu'au pays des libertés, on n'approuve pas toutes les libertés?

Elle en parle un soir à son mari.

« Irant, je crois que j'ai fait une bêtise. C'est une Française sur le boulevard... »

Pendant qu'elle raconte, il l'écoute, resplendissant – il s'est découvert une passion pour le bois, et

47

un don pour le travailler. Lui, conditionné par les études à travailler avec les livres, voici qu'il aborde la sensualité de l'artisanat. Il a établi, en parlant avec son contremaître, qu'il pourrait sans doute devenir ébéniste. Il en est transcendé. À la fin, il la prend aux épaules :

« Ma femme, tu peux te comporter comme tu le désires. Écoute, nous n'avons plus de famille, il faut qu'au moins nous soyions libres. Ceux qui ont des parents, ils ont un regard au-dessus d'eux, qui induit ce qu'ils peuvent faire ou ne pas faire. Nous, nous ne l'avons pas. Profitons-en. Tu ne fais de mal à personne. »

En partant travailler le lendemain matin, il lui laisse un poème sur l'oreiller : « Sois neuve. »

Elle lit le poème une fois. Elle lit le poème deux fois. Elle le range avec la page de *Vogue*. Dans son endroit à trésors.

Le travail de Flèche

Flèche était brillante et problématique. Entre la minute où elle s'attelait à un sujet, faisant venir les vêtements des maisons de couture au journal pour la séance photo, et celui où sa série de mode était publiée, elle avait trouvé mille prétextes pour injurier des collègues, un model, un photographe. Elle se rendait malade d'angoisse, la première humiliée quand ses nerfs lâchaient. Elle aurait tant voulu vivre dans un avènement esthétique, sans heurts, à l'image de la perfection qu'elle avait en tête. On racontait qu'elle avait un jour lancé une chaussure à la tête d'une assistante. Personne n'avait jamais pu confirmer cette rumeur.

Tel était l'animal que j'avais devant moi. Si elle n'avait jamais quitté *Elle*, jamais travaillé pour des magazines plus alternatifs ainsi qu'elle en rêvait et l'aurait mérité, c'était à cause de cette mauvaise réputation qui la précédait.

Elle n'était pas du genre à vous accorder le bénéfice du doute : ne me connaissant pas ou à peine, elle avait une opinion arrêtée sur l'absurdité de m'avoir nommée à ce poste, et d'avoir négligé son excellence, à elle. Elle refusa le siège que je lui proposais, s'en vint se caler dans un angle du bureau, avec de funestes yeux plissés.

«On peut savoir c'est quoi, ton projet? me demanda-t-elle.

— Je te l'ai dit, c'est le sourire, Flèche.

— Le quoi?

— Je voudrais ramener dans nos pages une certaine gaieté. »

J'ajoutai, étant donné sa mine renfrognée :

«Rassure-toi : seulement dans les photos de mode, bien sûr.

— Qu'est-ce que tu insinues? Que je n'ai aucune gaieté? »

Cela énoncé avec une mine lugubre.

«Je plaisantais.

— Je ne plaisante jamais. »

Je lui désignai, dans mon dos sur le mur, un model radieux, une ancienne photo de *Elle*.

«Je voudrais retrouver ça, Flèche. »

Elle se leva, s'approcha de l'image, se mit si près du mur que son front le touchait presque. La photo : il s'agissait d'une fille place de la Concorde à Paris, assise dans une voiture d'enfant, elle s'amusait, immense dans la minuscule automobile, au milieu du trafic. Haydée avait considéré, avec le libre arbitre qui la caractérisait, que cette voiture «pouvait passer» pour une barque, et la grande place pour une mer. La joie de la mise en scène, la joie du model et même des passants qu'on voyait sur les côtés, générait une euphorie contagieuse, indémodable.

Autour de cette photo, il y en avait quelques autres dans le même esprit, Flèche ne manqua pas de le remarquer. Je les avais apportées de chez moi, et punaisées sur le mur avec Mado dès mon arrivée. Femmes sautant sur des trampolines, femmes en mouvement les jambes en ciseaux, toujours allant vers un but. Femmes au volant de voitures sensationnelles, femmes sur des chevaux de bois... l'âge d'or du prêt-à-porter, la vie facile. En trente ans, les plus grands photographes de mode du XXe siècle, à qui les musées consacraient aujourd'hui des rétrospectives, avaient fabriqué ce style d'images. Ces hommes et femmes avaient construit un paradis de la consommation, où l'acquisition d'une blouse représentait une satisfaction profonde.

«C'est vieux. On ne fait plus comme ça.

— Beaucoup de ces photographes sont encore vivants. Même pas si âgés, tu sais. On pourrait les faire retravailler.»

Je ne pouvais cacher l'exaltation que cette éventualité faisait naître en moi.

Sur un ton de lamentation qui collait bien avec sa position le front contre le mur, Flèche marmonna :

« C'est des vieux connards.

— Peut-être pas, Flèche.

— Ils se prennent pour des stars.

— Ils en sont.

— Ça va être horrible, si les filles sourient. C'est pas photogénique.

— Ça l'était, autrefois.

— Ça ne l'est plus. C'est pas moderne. Ça ne marchera pas.

— Pourquoi les filles ne souriraient-elles pas ?

— Et elles vont jamais accepter, en plus. Elles vont se sentir ridicules.

— On sait pas. »

Elle eut un brusque repli vers son coin de mur.

« Dans la mode, personne ne sourit. »

Flèche en était certes l'exemple probant. Je ne me laissai pas décourager.

« Avant, il y avait une vraie vitalité dans nos photos de mode. C'étaient pas des neurasthéniques à chaque page. Ou bien, si elles ne souriaient pas, elles sautaient, elles couraient, elles enjambaient leur destin. Si on ne se réapproprie pas cette intrépidité, elle s'en ira ailleurs, dans d'autres médias, et les gens suivront la gaieté plutôt que nous, crois-moi, Flèche.

— Pourquoi tu dis ça ?

— Parce que cette intrépidité est un besoin fondamental, voilà pourquoi. Tu crois pas qu'on a pour vocation de galvaniser les gens qui nous lisent, de leur donner une ardeur, et non de les plomber avec des filles morbides habillées comme des cauchemars ?

— On dit ce qui est à la mode, c'est ça notre métier.

— Oui, mais la mode, c'est nous qui la faisons, aussi, tu crois pas ? »

Elle était trop orgueilleuse et douée pour s'opposer à une telle idée.

« On la fait... à partir de ce qui existe dans la mode.

— Et ta part d'invention, Flèche ? »

On aurait dit que je l'avais insultée. Fait aggravant, je ne pouvais m'empêcher de répéter son prénom, comme si je me moquais d'elle.

« Je ne vois pas de quoi tu parles. Je dis toujours la vérité.

— Ta créativité, Flèche. Tu as cru que je parlais de quoi ?

— J'ai cru que tu disais que j'inventais. Que j'étais une folle mythomane. »

J'éprouvai de la tendresse pour ses maigres défenses. Au fond, je lui pardonnais sa démence parce qu'elle avait de l'allure.

« Flèche, je compte te confier la réalisation d'une série de mode, où on montrerait des filles dans des robes de haute couture. Et pour ça, j'ai une idée formidable : on va les photographier en train de faire de l'aviron sur la Seine. Tu saurais me réaliser ça ?

— En train de faire quoi ?

— De ramer, Flèche. »

Je lui montrai les photos que Haydée, au comble de la fierté, m'avait sorties des archives. « En soixante ans, dix-sept séries de *Elle* ont été réalisées sur des bateaux », m'avait-elle dit, avant d'ajouter, le menton relevé : « Je voudrais être archiviste. »

« On va réinventer ça, en y ajoutant le sens de notre époque. Le sport, les baskets autour du cou, les jupes relevées. Je pense plus précisément à leur faire faire de l'aviron, à ces gamines. Et elles souriraient, bien sûr. La situation les exciterait. Il me faut une bonne styliste qui soit capable d'orchestrer tout ça. Tu veux bien accepter ce travail ?

— Non. »

La femme française

1924

Un matin, ma grand-mère descend l'escalier en colimaçon de l'hôtel, elle ne peut plus aller vite à cause de sa grossesse. Ce bébé tambourine. La dénivellation de l'escalier, on dirait que l'enfant, dans le ventre, la devine : ma grand-mère aborde-t-elle le vide, que l'enfant pousse sur ses talons pour freiner.

Quelle n'est pas la stupeur de Méliné, presqu'arrivée en bas, de tomber nez à nez avec la passante adulée du boulevard du Montparnasse. Elle croit à un miracle de son mari.

La femme discute avec le concierge, un Russe, en raccrochant des clefs au petit tableau.

Stupeur de comprendre que la femme habite l'hôtel.

Stupeur redoublée d'entendre cette femme parler russe.

Ma grand-mère est statufiée, la main crispée sur la rampe de l'escalier, la bouche ouverte.

« Ça va ? » s'inquiète la femme, en français.

Fort accent russe.

« Oui oui », répond ma grand-mère.

Ça ne va pas, elle doit s'asseoir.

La femme vole à son secours. Ma grand-mère ferme les yeux. Quand elle les rouvre, la femme à ses côtés. La femme est sur son épaule à demander :

« C'est le bébé ? »

La femme sent le bleu ciel. Elle fait pendre son collier de coquillages, ce collier touche l'épaule d'une Arménienne, ce collier provoque chez ma grand-mère une sensation forte. Jusqu'à présent, seule la découverte des mains d'Irant lui a fait cet effet.

Elle pense à son mari. Il faut être neuve. Naître commence par la franchise :

« Je savais pas nous connaître, parvient-elle à formuler.

— C'est bien ce que je me disais ! lui répond la femme. J'essayais de vous saluer, mais je voyais que vous ne vouliez pas trop établir le contact. Et je disais à Piotr – n'est-ce pas, Piotr ? – : "Il y a quelque chose qui ne va pas, peut-être que nous faisons trop de bruit, la nuit..." C'est qu'on se retrouve souvent le soir, vous comprenez... moi je finis très tard, je devrais rentrer épuisée, pourtant non : me monte une terrible envie de me distraire, de parler russe aussi, de danser. Il faut profiter de la vie, non ? Alors on fait du bruit, ça je le sais. Piotr casse encore des verres, c'est vous dire ! À son âge ! En France ! Fauché comme il est. »

Elle glousse d'un rire polisson :

« Il faut nous pardonner, c'est la vodka...

— Vous, femme M. Piotr ?

— Non ! Piotr il a déjà une femme et une maîtresse. Piotr il est complet. Comme son hôtel ! Heureusement que vous et moi on a pu avoir des chambres.

— Vous... russe ?

— Russe, oui. Saint-Petersbourg. »

Elle tend sa main à ma grand-mère :

« Elena. »

Être une élégante Française, ô Seigneur, chaque femme le peut.

L'enfant de Karl

Il sortait du Café de Flore avec sa garde rappro-
chée. Il était minuit. Flèche, attablée avec moi, se
tut à leur passage : c'était quelque chose de croiser
Karl Lagerfeld en personne, y compris pour elle,
qui le pratiquait depuis des années. Il la salua d'un
mouvement de tête, germanique. C'était déjà un
monde. Moi aussi, bien sûr, je levai les yeux : le
monument était déjà dehors. Cet homme qui n'aimait pas traîner. Il se trouve que je connaissais une
des personnes du groupe, elle s'arrêta pour m'embrasser. Sur un ton blagueur, et aussi parce que la
présence de Karl aurait galvanisée n'importe qui,
je dis à cet ami :
« Il est culotté de ne pas me dire bonjour !
— Il ne t'a pas captée, Sophie.
— Mine de rien, on a eu un enfant, ensemble.
Victor a douze ans. Karl ne peut pas, comme ça, sur
un coup de tête, m'avoir fait ce gosse dont, en plus,
pardon, il ne s'occupe pas, et ensuite ne pas

m'adresser la parole quand il me croise dans un café. Qu'est-ce que je vais dire à cet enfant, moi?»

L'ami éclata de rire. Il vivait dans l'humour, sans ce second degré il aurait été impossible de partager le quotidien de Karl Lagerfeld.

«Je vais conseiller à Karl d'être plus attentif.»

Et il sortit.

«Euh, tu es sûre?» me demanda Flèche, recroquevillée sur sa chaise.

L'inaptitude de Flèche à atteindre le second degré commençait à m'enchanter.

«De quoi veux-tu parler, Flèche?

— Jamais moi je n'aurais dit une chose pareille à un collaborateur de Karl Lagerfeld.»

On s'en doutait.

«Flèche, tu peux pas comprendre.

— Ah bon? Et pourquoi?

— Parce que c'est pas toi qui nourris Victor.»

Qu'est-ce qu'elle pouvait bien penser, la pauvre Flèche, de son indigne chef? Devais-je prendre le temps de lui expliquer le chemin parcouru? Qu'une complète allégresse courait dans cet amour atavique que j'avais pour la mode? Que le nom de Chanel, représenté ce soir par Karl, nous avait permis, à ma famille et à moi, de nous ennoblir? Que l'enfant je l'avais, que l'enfant c'était moi, la troisième génération du *Tesoro*, la dernière femme de la famille. Que la page de *Vogue*, consacrée par Méliné, cette page cent fois pliée et dépliée, qui avait servi chez les miens à comprendre l'amplitude infinie du monde, représentait une femme en Chanel, à Deauville, en 1922. Que je ne pouvais passer rue Cambon, à Paris, sans y penser. Qu'une fois j'avais visité l'appartement de Coco Chanel, et que j'y avais murmuré le prénom de Méliné, afin qu'au moins une rencontre ait lieu. Et qu'il m'avait semblé que, dans ce salon de Gabrielle bien plus petit que ce que je m'étais imaginé, la grande présence de Méliné exauçait un rêve.

« Pourquoi "Victor" ?

— Pourquoi pas ?

— Si quelqu'un lui répète ce que tu as dit. Il va trouver que tu es ridicule.

— Ça va le faire sourire.

— Euh, je ne crois pas.

— Penses-tu, Flèche, qu'il n'aurait pas d'humour ?

— Il va détester cette familiarité. »

Le lendemain, un paquet Chanel arriva pour moi. J'étais en plein examen des comptes avec le préposé au budget. Mado m'interrompit pour me l'apporter dans le bureau 522, je crus que c'était pour me distraire, me montrer que la vie apportait des compensations. En fait, elle ne pouvait faire l'économie de ce dérangement. En effet, c'était « à remettre en mains propres ». Je signais le bon à un groom, qui disparut dans une révérence, Mado dans son sillage.

Je mis le paquet le long du mur et je continuai avec le préposé au budget.

Ce garçon exquis touchait à cet instant un point de désespoir. Je venais d'avouer signer les factures sans les regarder. Je pensais qu'on m'alerterait, en cas de dépassements atroces. Bien sûr, c'était le cas, des sonnettes auraient retenti à la moindre folie, mais lui, le préposé au budget, était alarmé par ma décontraction. J'essayais tant bien que mal de le rassurer, de me montrer professionnelle, voilà pourquoi, le paquet venant de chez Chanel, je n'y touchais pas. Je le gardais à l'esprit, un dessert qu'on a en vue.

Le préposé parti (je lui avais promis de prêter dorénavant attention aux chiffres, *a fortiori* si je les voyais écrits en rouge), je pus déballer mon trésor. Je savais que c'en serait un.

Dans une boîte blanche, enveloppé dans un papier de soie, et niché dans un pochon de coton, il y avait un énorme sac Chanel, matelassé, noir. À l'intérieur, c'était bordeaux. Je savais exactement ce qu'était ce sac, la réédition du premier modèle matelassé imaginé par Coco Chanel en 1952. Je pris l'objet dans mes mains, le respirai. Il avait l'odeur de la résurrection, celle d'une impensable bonne nouvelle, où un chant merveilleux vous monte à la tête. Celle qui n'arrive jamais sauf dans les rêves.

Mado entra :

« Mon Dieu, il est immense ! »

Il était gigantesque, c'est vrai. Il avait quelque chose de déraisonnable. J'avais vu bon nombre de mes collègues avec ce sac Chanel, la maison en offrait parfois aux journalistes, mais il était toujours beaucoup plus petit. Moi j'avais le grand, pourquoi ?

Accrochée au ruban du paquet, il y avait une enveloppe. Dans l'enveloppe, quelques mots sur un bristol d'une écriture que le monde entier connaissait :

« Un cartable pour l'enfant. »

Et c'était signé : « Karl ».

J'en fus émue à n'y pas croire. Je posai le sac contre le rebord de la fenêtre. Pour que Méliné le voie, au cas où.

Les deux amies de Montparnasse
1925

Elle coud. Elles cousent. Elles se font ce dont elles rêvent. Enfin, dans le cas de ma grand-mère, pas tout à fait. Oui, elle a les cheveux courts, au carré, d'ailleurs coupés par Elena. Oui, elle porte des chaussures d'hommes, prêtées par Elena. Oui, Elena lui apprend à se tailler des blouses dans de la toile à beurre. Oui, Méliné comprend que c'est beau, que ce pourrait être un commencement, que rien n'interdit, rien n'empêche. Son mari, en plus, est ébéniste et poète, il est ouvert. Sauf que pour elle cette nouvelle vie est déjà un avènement et, à partir de là, elle se limite. L'amie pourrait montrer à Méliné comment accomplir d'autres prodiges. Elle n'ose pas le pantalon, pas plus le collier de coquillages, le rouge sur les lèvres. Elle a accouché d'une petite fille : Anahide. Un prénom arménien, alors qu'elle en avait imaginé des centaines en français : Geneviève, Henriette, Blanche, Madeleine. Au dernier moment, elle n'a pas pu.

C'est peut-être ce qui la relie aux parents assassinés. Il y a une arménité indépassable.

Elena n'insiste pas, ou si peu. Elle sait mieux que personne que, là où elle est, dans cette émancipation vestimentaire sans fin, le seul compagnon avec lequel on soit bien (et qui vous tolère) à la fin, c'est vous-même. Que le prix à payer pour l'absolue distinction, c'est la solitude.

Elle ne souhaite pas cela à la douce Méliné.

D'ailleurs, elle entend quand Méliné plaide que c'est déjà un monde, cette nuque dégagée sur laquelle Irant, le soir, souffle sa poésie. Déjà folie que d'être française avec des riens, par enchantement. Elena voit totalement son amie. Le fait est qu'elle n'a plus grand-chose en commun avec les autres brodeuses de l'hôtel, pourtant ses compatriotes.

Et Méliné se voit totalement, aussi. Différente des autres Arméniennes qu'elle adore. Elle est la seule des brodeuses à être en contact avec les clients. Elle présente bien, ses cheveux acajou volètent. On la pousse devant, elle a pris le bon pli d'oser regarder la France dans les yeux. Elle apprend le français plus vite que son mari le futur ébéniste. Par un agrément spécial de son patron, Irant a l'autorisation, le soir, de s'entraîner à façonner le bois dans les locaux de la Société des transports parisiens. C'est un travail austère. Les menuisiers façonnent les choses en silence. Il apprend l'artisanat des Français, pas leur langue. Alors que Méliné! Elena vient d'une famille aisée de Saint-Petersbourg, a appris le français enfant et le parle couramment, elle jette ma grand-mère dans le grand bain de la parole.

Ce n'est pas le moindre de ses cadeaux, en voici un autre :

Elena est ouvreuse au cinéma le *Paradis Palace*. Elle fait entrer ma grand-mère dans une salle de mille personnes. Même sur *Le Tesoro* surpeuplé de l'exode, il n'y avait pas tant de gens. Méliné ne paie pas, elle rêve que le prix du ticket, c'est celui du luxe. Les actrices sont extraordinaires. Un jour, c'est Greta Garbo. *La Chair et le Diable*. Garbo tombe amoureuse de John Gilbert. Dans un jardin, ils respirent la même fleur, ils vont s'embrasser... la salle n'a d'yeux que pour cet amour qui se noue. Ma grand-mère voit autre chose et froncera les sourcils jusqu'à la mort quand on lui demandera de quoi parlait le film. Elle est subjuguée par la robe blanche, transparente, si légère pourtant, dont le col remonte un peu. Voilà, se dit-elle, où on parvient à force de réussite sociale. Voilà où vous mènent les habits.

« Ça existe, mot "habitissement" ?, demande Méliné à Elena, en sortant du cinéma.

— Pas que je sache. Ce serait pour dire quoi ?

— Que habit, c'est aboutissement.

— Qui t'a appris le mot "aboutissement", Méliné ?!

— Piotr dire toujours : "Cet hôtel, c'est aboutissement." »

Elena renverse sa tête en arrière :

« Eh bien moi je crois qu'on peut dire habitissement. Tu as aimé le film ? Tu as aimé Garbo ?

— Garbo belle robe.

— Oui. Je sais pas. Je la trouve plus belle que ses robes, si tu veux mon avis.

— Robe belle matière.

— C'est de la mousseline.

— Muezzin ? »

Le monde est petit. Le muezzin, c'est celui qui, du haut d'un minaret, fait l'appel à l'heure de la prière en Turquie.

« Non, mou-sse-line.

— Mousséline.

— C'est la matière la plus légère. »

La plupart des mots qu'elle apprend concernent les vêtements. Et s'il lui en faut d'autres pour la vie courante, elle les apprend en pensant qu'un jour ils seront peut-être utiles pour parler d'élégance. Au cas où elle irait au café, en vraie Parisienne, Elena lui a écrit cette phrase sur un bout de papier : « Est-ce que par le plus grand des hasards, vous pourriez me faire un café très crémeux ? » Elena dit que si on sait dire ça, on sait tout dire. Cela doit être vrai : la phrase est impossible à prononcer. Méliné s'entraîne à prononcer ces mots à voix haute, dans la chambre de l'Hôtel du Départ. Anahide, les yeux grands ouverts, l'écoute.

Anahide âgée

Maintenant que je travaillais tant, je n'avais plus que le samedi pour aller voir Anahide. À quatre-vingt-treize ans, ma tante était la dernière fille de Méliné encore en vie, elle pourtant l'aînée.

C'était aussi la seule de la famille à avoir eu la grâce de croiser la célèbre Coco Chanel, un jour sur l'esplanade du Trocadéro. La frêle déesse, encore que pas si petite, avançait au bras de Picasso, suivie d'autres gens. Anahide avait vu passer la troupe inespérée. Habituée par sa mère à mémoriser les détails, elle avait noté en un éclair les bottines fourrées de Coco Chanel, les bras pliés, bien détachés du corps, comme de petites ailes, la minceur, la maigreur, la main criblée de bagues crispée sur le bras de Picasso.

Pour mon frère et moi, Anahide était un mythe. À la minute où j'avais été nommée, bien sûr j'avais couru l'annoncer à Anahide. Elle avait écouté distraitement, ainsi qu'elle supportait, désormais, mes vantardises. À ma grande surprise, cette promotion en particulier ne lui avait fait ni chaud ni froid. Le rêve français de Méliné n'était plus actif en elle. Comment avais-je pu ne pas remarquer que, depuis un certain temps, elle ne parlait que de l'Orient, de l'Arménie, de l'exode de ses parents ? Et si un « je m'en réjouis » lui venait aux lèvres, c'était en lien avec quelqu'un dont on apprenait qu'il était arménien, le joueur de tennis Agassi, le prince Charles (sur Internet, où elle m'obligea à aller fouiner devant elle, on attribuait même une lointaine ascendance arménienne à la famille royale d'Angleterre !). Elle écoutait la radio arménienne jour et nuit pour entendre la voix des origines. Elle se mettait à somnoler dès qu'elle avait affaire à quelque chose ou quelqu'un qui n'était pas en lien avec ce passé fantasmé. Sa méritoire intégration à la culture française n'avait servi à rien : en vieillissant, elle retournait en pensée vers la ville de Brousse. Elle me fit écrire dix lettres à la compagnie d'assurance Axa pour savoir si nous aurions une chance, un jour, d'être dédommagés pour l'immeuble perdu, là-bas, en Turquie, à Brousse. La réponse, toujours négative, ne la décourageait pas : « Tu avais peut-être mal expliqué, Sophie. Recommence. Est-ce que ton anglais est bon ? »

Ce jour-là, elle était heureuse de me voir, désolée qu'un nouveau travail m'empêche de venir chez elle plus souvent. J'étais pleine d'excitation, j'avais le sac Chanel à mon bras. De même que ces chats qui se pressent de vous dégueuler leur trouvaille, je voulais exhiber ma belle prise.

«Qu'est-ce que c'est?» me demanda-t-elle, tandis que je lui tendais le sac.

Elle perdait la vue peu à peu. Un macula. Si on ne lui décrivait pas les choses, elle s'égarait longtemps à les reconnaître.

«J'ai un sac Chanel», chantonnai-je.

Je le tenais par la lanière en le balançant sous ses yeux. Elle l'attrapa, réflexe d'enfant, le garda dans ses mains quelques instants. La lanière glissa de mes doigts. Sans ménagement, elle posa le sac à côté d'elle, ses mains frêles ne pouvaient plus rien maintenir.

«Merci, marmonna-t-elle.

— Tu voudrais le garder, Anahide? Ça te ferait plaisir?

— Non. Je ne sors plus de chez moi. C'est gentil. Reprends le sac, j'insiste.»

Sans effort elle me le tendit, une chose à jeter.

Elle avait pris en vieillissant une rusticité inédite. Il ne fallait jamais s'en formaliser. Son pays perdu lui remontait, ses ancêtres pendus, leur maison abandonnée à des pillards, la pauvreté. Elle révélait qu'en réalité le statut d'enfant d'émigrés l'avait humiliée, enfant. Une fois, troisième de sa classe, elle n'avait pu monter sur l'estrade pour enlacer le livret de Caisse d'Épargne offert aux lauréats, le directeur de son école avait dit : « Troisième... Anahide Drezian. Anahide Drezian n'étant pas française, nous passons à la quatrième. »

« Tu m'as acheté le livre que je t'avais demandé sur l'exil? C'est de Philippe Acoumdjian.

— Pas encore.

— C'est un livre sur...

— Je sais.

— Achète-le.

— Je vais le faire.

— Tu dis toujours : "Je vais le faire." Et puis tu ne le fais pas.

— J'ai beaucoup de travail.

— Ça, c'est ce qu'on dit quand on ne fait pas les choses.

— Je te jure. J'aide Valérie Toranian.

— Elle est arménienne?

— Mais oui, je t'ai déjà expliqué.

— Et votre journal est arménien?

— Non! »

Silence.

« Et à part ça, qu'est-ce que tu fais de beau pour les Arméniens?

— Quand Charles Aznavour ne sera plus là, Valérie et moi on fera un dossier sur lui dans le journal. Il a été tellement important.

— Quel journal?

70

— Tu te souviens que je dirige la mode à *Elle*, Anahide ?!

— Tu diriges quelque chose, toi ? »

Elle me connaissait si bien.

« Oui.

— C'est absurde.

— C'est par amour de la mode.

— N'importe quoi.

— Tu te souviens que Méliné adorait la mode ?

— Maman était quelqu'un de très simple. Papa, lui, était chic. Il était ébéniste. Intellectuel. Tu ne l'as pas connu ?

— Mais si, Anahide, bien sûr que je l'ai connu, voyons.

— Tu as connu l'ébénisterie ?

— Mais oui.

— La maison au-dessus de l'ébénisterie, rue d'Alésia ?

— Mais oui.

— Ah bon ? Je ne te vois pas là-bas. C'était très arménien, très bon milieu.

— Je m'en souviens comme si c'était hier. Je restais dormir, parfois.

— Toi tu n'es pas arménienne, pourtant. Enfin, à moitié seulement, je veux dire. Tu étais de passage, sans doute.

— Mais voyons, je suis ta famille, Anahide !

— Oui, mais tu es très française.

— Pourquoi tu dis ça ?

— Tu vois bien, tu t'appelles Sophie. Tu as un sac Chanel. Tu travailles à *Vogue*.

— Pas à *Vogue*. À *Elle*.

— Ah bon ? Même pas à *Vogue* ? »

Comme quoi elle avait encore des réminiscences. « Est-ce que parles un peu arménien ?

— Quelques mots.

— Dis-moi quelque chose dans notre langue.

— *Kitchmeu Aïrêm Kidêm.* »

Cela voulait dire : « Je parle à peine arménien. »

« Bah, tu pourras au moins dire ça pour t'excuser, si tu rencontres des gens de notre peuple. Il y a en a peut-être, à *Vogue*. T'es-tu seulement renseignée ?

— Je vais le faire. »

Elle avait toujours été d'une beauté surnaturelle. Elle l'était encore à son âge vénérable, en robe de chambre vert d'eau, au milieu de ses mouchoirs en papier.

« Tu te souviens de la page de *Vogue* que Méliné avait rapportée de Turquie, cachée dans sa manche ?

— Non. Qu'est-ce que c'est que cette histoire ? Tu inventes !

— Une page de *Vogue*, Anahide, qui représentait une femme accoudée à une voiture, à Deauville, dans les années vingt. Il s'agissait d'un dessin. Vous me le montriez quand j'étais enfant. Une tenue de Chanel, dessus. On les reconnaissait entre mille, ces allures Chanel, à cause des proportions.

— Chanel, oui, je vois... mais ça ne m'évoque plus grand-chose. Alors que vois-tu, une fois, j'ai croisé Picasso place du Trocadéro. Il était seul, en short, avec des sandales, et il est venu vers moi, il a planté ses yeux noirs dans les miens, et il a fait un grand geste pour sortir quelque chose de derrière son dos, il m'a offert cette gravure que tu vois là. »

Sur le mur, elle me désignait une affiche que nous avions achetée elle et moi à un vendeur de rue devant le Musée d'art moderne, à New York, dans les années quatre-ving-dix. Les fesses d'une femme esquissées en quatre traits.

« C'est un poster, ça, Anahide.

— C'est une litho.

— Non, c'est une reproduction.

— Tu ne sais pas, Sophie. Tu ne sais pas...

— On l'a achetée ensemble à New York.

— N'importe quoi. Tu n'y étais pas.

— Et par ailleurs, quand tu as croisé Picasso, il était avec Coco Chanel.

— Impossible. Je m'en souviendrais. »

Je repartis le sac Chanel sous le bras. À quoi ça me servait d'avoir un beau sac, si je ne pouvais le montrer à personne ?

En bas, il y avait un square, il faisait beau, je m'arrêtai. Je n'arrivais pas à opposer mes flots de tendresse à la brutalité de ma tante. Ils me restaient dans la gorge. Au fond, ce que je n'aimais pas, c'était d'avoir perdu ma tante valide, internationale, celle qui me portait vers les sommets. Des années d'éducation esthétique prodiguées par Anahide. Sur l'élégance, c'est d'elle que j'avais le plus appris.

J'exauçais un rêve familial et, elle, la dernière encore en vie de cette génération d'immigrants, elle n'en avait pas conscience.

Anahide enfant
1927

Elle a cette enfant. En secret, Méliné ose parler français à Anahide :

« Tu vivre très belle. »

Cette petite fille, enfant de la France par le droit du sol, il semble qu'elle mesure à quel point elle est accueillie, pas seulement au sein d'une famille, mais au sein d'un pays. Elle fait allégeance à un monde par son charme. Ses grands yeux, bleu marine à la naissance, ainsi que ceux de tous les enfants, foncent à mesure qu'un sourire éclaircit ce visage. Anahide est une créature ignorante de la mort, de l'exode et de la pauvreté. À six mois déjà, c'était une gosse qu'on pouvait laisser n'importe où – sauf en haut des escaliers, où elle aura toujours une légère appréhension –, elle s'acclimatait. À l'aise sur un banc devant le café Le Sélect, avec sa mère et Elena. À l'aise dans le cimetière du Montparnasse où les deux amies allaient chercher de quoi s'arranger des bouquets, donc à l'aise avec des voleuses et des

La Vocation

profanatrices. À l'aise au milieu des Arméniennes à l'heure du tricot. Toujours la même placidité joyeuse. À un an, elle pouvait prononcer des mots complets qui vous coupaient le souffle, ils étaient dits avec l'accent français. Cette petite n'entendait que des accents étrangers, russe, arménien, yiddish, et ce qu'elle rendait au destin, c'était une élocution miraculeuse. Chacun sait que les Français parlent bien distinctement pour vous épater par leur historique précision, eh bien la gosse possédait ce don.

Elle a de la chance.

Méliné et Irant, grâce à Elena et au rêve d'ébénisterie planant sur leur vie, échappent peu à peu à leur condition. Le raffinement les élève. Dans la microscopique chambre d'hôtel, c'est la bonne disposition des fleurs dans un vase, pas seulement celles « sauvées » du cimetière, aussi des plantes sauvages cueillies au pied des arbres boulevard Raspail, des mauvaises herbes et une anémone au milieu. C'est la bonne cretonne sur le lit. Les beaux objets peu chers, glanés parfois dans la rue. Dans le modique placard, les bonnes couleurs, subtiles. Lui, il est en blouse d'artisan quand il travaille. Le dimanche, il porte un costume de lin mastic dont un tailleur arménien, derrière le café La Coupole, a fait sa spécialité. Le tailleur garantit que c'est à la mode des hommes anglais d'Alexandrie. Ça nous

76

mène loin et Irant, poussé par l'amour des meubles de bois clair, les possibilités de transcender le pin, s'intéresse à l'Angleterre. Ce lin se froisserait si mon grand-père vivait vraiment avec. Il n'en a pas la moindre l'intention. Quand il endosse le costume, il se tient droit et debout, rien au monde ne pourrait le faire s'asseoir, il veut seulement être noble au bras de sa femme la Neuve. Les limites de Méliné, qui garde quelque chose de Brousse au début du siècle par l'aspect de ses gros bas gris, il ne les verra jamais. Il est subjugué par sa nuque dégagée, et sa récente habitude de fumer des Gitanes. Pas beaucoup, à cause du prix, et de préférence en présence de l'époux, en le toisant d'une moue onctueuse qui le retourne.

Elle est de nouveau enceinte, c'est malin. Elena sait comment faire pour ne plus l'être. Méliné secoue la tête en riant : les enfants, c'est la vie. Anahide a trois ans. Elle dit :

«Je veux guérir parents disparus. Être maman. Être papa. Pas toi, Elena?

— Dieu m'en garde!»

Elena avait un père tyrannique. Un homme du tsar, épouvantable. Un infatué à qui seule la révolution a pu donner une bonne leçon, puisqu'il en était mort. Quant à sa mère, elle pensait que, aux pauvres, manquaient des organes. Voilà pourquoi ils avaient moins besoin de manger. Du reste, peu importe que ces deux parents aient été ces monstres, ils avaient peu prise sur elle, ils ne lui adressaient pas la parole. Elle a été élevée par une nurse française. C'est elle qui l'a amenée en France, pour lui offrir une vie, en 17.

« Où ta mère être ?

— En enfer, certainement !

— Elle morte ?

— Peut-être pas.

— Tu aimes pas mère ?

— Je t'aime toi. »

La petite Anahide entend ces conversations. Un jour, elle dit :

« Je m'en réjouis. »

Méliné et Elena la regardent. De quoi parle-t-on ? Comment cette enfant sait-elle des mots que personne ne comprend, ou à peine ? Méliné lui fait répéter.

« Je m'en réjouis. »

Elle l'emmène chez le concierge.

« Piotr veut entendre ce que toi dire.

— Je m'en réjouis. »

Il est russe, il est perdu. Il pense que la petite invente un mot avec « joujou » dedans. Il serait bien normal qu'elle veuille des jouets, certes de bois comme ceux confectionnés par son père, mais peints, aussi.

Méliné n'est pas satisfaite par les conclusions de Piotr. Elle emmène sa fille chez la boulangère.

«Je m'en réjouis», répète volontiers Anahide, à qui on a promis une sucrerie.

La boulangère, une femme des Vosges, assure que c'est du français. Pour autant, elle est incapable d'expliquer vraiment ce que cela signifie dans la bouche d'une si jeune enfant.

Méliné emmène sa fille chez le docteur.

«Je m'en réjouis», entonne Anahide, le sourire d'autant plus large qu'un docteur, c'est important.

Il traduit :

«Elle dit qu'elle est contente.

— C'est bon français? demande Méliné.

— C'est de l'excellent français, madame Drezian.»

Le docteur se penche vers l'enfant prodige :

«Quelle élégante petite robe tu as là!

— Ma maman, elle coud.

— Tu sais que tu es rudement intelligente, Anahide?

— Mon papa est ébéniste.»

Quand Anahide entre à école, elle sait lire.

La femme dans le métro

J'allais au journal. Elle était assise sur un des strapontins près des portes, dans le métro. Je vis en premier ses boucles blanches, mousseuses, elles s'évadaient de sa capeline en coton délavée, son museau buriné, époustouflant de beauté, ses yeux... passés. La place à côté d'elle était libre. Son manteau de fourrure, long et ouvert, étalé, prenait beaucoup de place, elle en rabattit un pan pour me laisser m'asseoir, non sans examiner mon apparence, en un éclair. J'avais un pardessus noir, moi aussi, fort long et ample, comme elle je portais un chapeau de toile, je dus le retirer car il touchait le sien.

Ses mains noueuses, pleines de bagues, y compris aux deux petits doigts, étaient posées sur un pantalon vert émeraude un peu évasé en bas, dans un jersey Milano, serré et imperméable, qu'on ne fait plus pour les pantalons depuis longtemps. Dieu que ces mains étaient belles et me parlaient.

Je dégageai les miennes, pour les arranger sur mes genoux à mon tour, indiquer à cette dame la variété de mes bagues, et que nous étions sœurs. Quand elle comprit que je tentais d'établir une connivence, elle me jeta un coup d'œil apeuré. Comme si, dans la logique bien connue du métro, j'allais lui taper dessus, peut-être. Seigneur, j'avais été indélicate. J'avais vraiment envie de lui présenter mes excuses, lui dire qu'un intérêt louable expliquait mon comportement, j'étais directrice de la mode au journal *Elle*, là je me rendais à mon travail, bureau 522, et ma famille était venue par le bateau *Le Tesoro*, et j'avais accompli un destin, et la boucle était bouclée, et j'étais habilitée ô combien à féliciter les plus belles dames de l'univers pour leur allure.

Hélas, son dos à elle se faisait de plus en plus rond.

Quand, parce que je ne pouvais m'en empêcher, je tournai la tête dans sa direction, cela me mettait à quelques centimètres de ses boucles soyeuses, nacrées, où quelques filets plus foncés racontaient un passé.

Je revins vers ses mains. La fourrure du manteau, un vison, lui chatouillait les poignets antédiluviens. Elle me rappelait Elena, que j'avais connue jusque tard dans mon adolescence, alors si vieille et semblable à cette dame. Elle me rappelait ma tante Anahide, qui tirait fierté du fait que, où qu'elle se rende, il se trouvait toujours quelqu'un pour admirer son originalité.

Or, cette femme n'était pas Anahide. Elle haussait les épaules, outrée, dès que je la regardais trop intensément.

Je résolus de lui ficher la paix. L'idée de la prendre en photo en faisant mine de jouer avec mon téléphone me traversa l'esprit. Je ne réussis à rien. J'étais trop près et ne faisais que des gros plans, et flous.

Sa main gauche, si près de moi, tenait une de ces petites revues qui listent les salles de cinéma, et avec l'autre, elle faisait glisser son index sur le texte. Elle s'arrêta sur un endroit où était écrit « Festival du film muet ». Moi aussi j'adorais le cinéma muet.

On fit sept stations ensemble, oui je les comptai. Au fur et à mesure, elle faisait grandir son hostilité à ma présence, d'ailleurs je commençai à la prendre pour une folle : elle haussait les épaules, excédée, tirait son pan de manteau vers elle, pour ne pas qu'il me touche, se penchait à en tomber pour se mettre loin de moi. J'en étais à présent bien malheureuse. Pourquoi cette rencontre était-elle impossible ?

On arrivait à Madeleine. Elle, elle retenait son souffle, les lèvres serrées. Quelque chose n'allait pas, c'était moi. La communion nous était interdite, à nous si semblables.

J'avais encore une station, mais je sortis. Je la délivrai.

Or, tandis que, à peine sur le quai, je m'arrêtais, reprenant mes esprits, j'entendis une toux dans le compartiment, une salve débridée et c'était elle, c'était elle qui enfin, moi partie, la pauvre, pouvait laisser libre cours à ce qu'elle avait essayé de retenir durant ce temps où je l'admirais. Sa toux. Sa toux de faible femme, malade, diminuée, dévastée. Là, maintenant, la porte se fermant, elle avait sorti un mouchoir et pleurait presque dedans, le virus lui sortait. Elle croisa mon regard, m'en voulut atrocement d'être encore sur le quai : décidément c'était mon ultime indélicatesse ce jour-là. Puis elle m'adressa un sourire désolé, puisque maintenant c'était fichu, puisque j'avais tout vu. La rame s'en allait, jamais plus je ne retrouverais cette amie rare qui, par politesse, et parce que je portais les bagues aux mêmes endroits qu'elle, parce que j'avais remarqué sa beauté, sa grandeur, avait voulu être à la hauteur, justement, et ne pas étaler devant moi ses faiblesses.

Elle s'était crue jugée par moi qui l'aimais.

Je n'étais ni de *Vogue*, ni de *Elle*. Je venais du monde de cette femme.

J'étais certaine maintenant qu'elle était russe.

Au bureau, Flèche m'attendait :

« On a un souci avec le shooting du 14. Le studio Pin Up est déjà complet. Et le photographe refuse d'aller ailleurs. C'est son studio préféré. On pourrait lui proposer quelque chose en extérieur, mais où ?

— Pourquoi on ne shooterait pas dans le métro ?

— Les autorisations sont très difficiles à avoir.

— Et incognito?

— Ça va se voir, rien que le matériel photo...

— Et avec un iPhone?

— Tu es folle. »

Elle partit en claquant la porte.

La grande couturière

1927

Voici une femme devant Piotr et le minuscule tableau des clefs de l'Hôtel du Départ, et elle demande à parler à ma grand-mère. Ce pourrait n'être rien. Il arrive de plus en plus souvent qu'on demande Méliné pour des travaux de couture dans le voisinage.

Le raffinement de cette inconnue hurle une sophistication sociale. Elle est une claque à l'élégance grappillée des pauvres, elle est une réalité qu'on croyait pouvoir atteindre, et puis non. Derrière la femme, dans la rue, un chauffeur en livrée se tient altier au côté d'une somptueuse automobile. On conçoit sa fierté, cette automobile est plus longue que l'hôtel. Et la femme, pour aussi petite qu'elle soit, minuscule comme le tableau des clefs de l'hôtel, est pourtant faite pour cette gigantesque machine. Il en faut beaucoup pour impressionner Piotr, du fait de son prestige auprès de la gent féminine. Pourtant, là, il reste estomaqué, les doigts dans sa barbe. Il n'avait jamais vu de si près quelqu'un de si riche.

« Il n'y a pas de Méliné, c'est cela ? Ce n'est pas l'Hôtel du Départ, ici ? »

Elle en est déjà à jeter un regard furieux à son chauffeur.

« Si, si, madame ! C'est le bon hôtel et Méliné, elle est là ! Mille excuses... »

Et il monte en courant chercher la femme acajou d'Irant.

Elle ouvre, elle cousait, en blouse.

« Il y a dame importante en bas.

— Une cliente ? Pour travaux couture ? »

Il n'est pas tout à fait lui-même.

« Ouh là là, si c'est couture, c'est grrrrrande couture. »

Méliné redescend avec lui, intriguée. Quand elle voit l'apparence de la visiteuse, elle ralentit. Ce que Piotr a pensé, elle le pense à son tour. La femme a beau être une miniature, c'est une géante par sa totale assurance, le coûteux de ses effets personnels. Méliné voit également l'automobile, le chauffeur.

« Je peux aider vous ? » demande-t-elle.

La femme évalue ma grand-mère en une seconde. Elle hoche la tête devant les cheveux acajou coupés court de Méliné, la blouse impeccable. On dirait qu'un mystérieux essentiel est accrédité.

« Où pourrait-on parler ? »

À l'évidence, nulle part.

«Je vous emmène au café. Il y a un café dans le coin?

— Un café, répète Méliné, comme si, dans l'inventaire des mots français, celui-ci posait une difficulté particulière.

— Ah mais qu'on est bête, s'écrie la femme, on va aller au Sélect!

— Sélect, c'est boulevard à Montparnasse, dit bêtement Méliné.

— Nous avons le chauffeur.»

Piotr les regarde sortir toutes les deux de l'hôtel. Il est sur le pas de sa porte la bouche ouverte, ahuri. Il regarde Méliné entrer dans une automobile. Il a peur à un moment que ce soit un enlèvement. Un client de l'hôtel connaît quelqu'un qui a disparu chez une bonnetière. La traite des Blanches. On raconte beaucoup de légendes, le soir, autour de la table de Piotr. Bien sûr, Piotr n'avale pas tout. N'empêche, cette histoire il l'a crue.

Dans l'automobile, la femme explique d'emblée qu'elle se lance dans la réalisation de vêtements de sport.

«Je crois au sport.»

Ma grand-mère n'ose pas demander ce que c'est.

«Le sport est merveilleux. Un jour, la majorité des gens se promènera en tenue sportive.

— Mais oui, tente Méliné.

— J'ai pour intention de débuter par des pulls chauds, amples, avec des motifs en trompe-l'œil.

— Mais oui.

— Vous comprenez "trompe-l'œil", n'est-ce pas ?

— Mais oui. »

Les voici déjà devant Le Sélect.

Ma grand-mère sort d'une automobile.

À la porte du café, elle a une dernière superstition, comme quoi une fois qu'elle sera entrée, son destin sera changé.

Elles s'installent en vitrine. Ah, si Elena pouvait voir ça. Il n'y a pas que cette inconnue qui soit une dame, Méliné est une dame aussi, puisqu'elle est là.

Le serveur vient prendre la commande. La femme demande un thé. Méliné rassemble son courage :

« Est-ce que par le plus grand des hasards, vous pourriez me faire un café très crémeux ? »

Sans attendre les consommations, la femme sort un dessin : il représente un pull d'un bleu gris, avec, en motif, incrusté dans la maille, aussi impressionnant qu'un bavoir, une cravate rayée rouge et blanc.

« J'ai entendu dire, poursuit la femme, qu'une technique arménienne de tricot permet de réaliser ce type de travaux, est-ce que vous la connaissez ? »

Le nez devant l'exemple, ma grand-mère comprend la question.

« Oui. »

N'importe quelle jeune femme arménienne connait cette technique. En Turquie, on l'apprend aux filles, ça sert à se fabriquer des pulls gais avec des énormes feuilles de trèfle sur le devant, par exemple. Elle entreprend de l'expliquer mais dans un sabir tel que c'est au tour de la femme de ne pas comprendre.

« Vous avez feuille papier et crayon, madame ? »

La femme dit d'écrire sur l'espace resté blanc à côté du croquis.

D'une main galvanisée par le café, l'ambiance, Méliné dessine un pull avec des trèfles à quatre feuilles. Celui qu'elle a laissé à Brousse.

« Je mettre ça, enfant.

— Vous sauriez le faire ?

— Oui.

— Bien. J'aurais besoin de cent pulls, d'après le dessin qui est là, que je vous ai montré à l'instant, et quelques autres. Cent pulls. »

La femme écrit « 100 » sur la feuille.

« Pour quand ? » demande Méliné.

Cette phrase, elle l'a apprise dès son arrivée.

« Dans un mois.

— Pas possible, madame.

— Ah bon, mais pourquoi ? »

Une femme peu accoutumée à la contradiction.

« Un pull comme ça, madame : une semaine pour tricoter.

— Ça ne m'arrange pas. »

Ensemble, cette femme et ma grand-mère cherchent en silence une solution. Méliné, à dire vrai, en a déjà une, sauf que celle-ci implique de fédérer autour de l'Hôtel du Départ une vingtaine d'Arméniennes, qui vont encore en amener d'autres et ainsi de suite, alors que le rêve de Méliné est d'échapper à sa diaspora.

Soudain elle demande, sur un ton qu'elle essaie de prendre le plus distrait possible :

« Vous connaître Coco Chanel ?

— Oui-oui, je la connais, oui. »

Ma grand-mère de réfléchir à cet aspect des choses. Marseille, le chemin parcouru. Le moyen d'approcher les rêves.

« Évidemment..., commence-t-elle.

— Oui ?!

— ... si beaucoup beaucoup Arméniennes faire pulls... pulls plus vite. »

Elle a le génie d'ajouter :

« Tout'vitess'. »

La femme est sidérée par la justesse de la proposition :

« C'est une idée sensationnelle, Méliné. Je peux vous appeler Méliné ?

— Oui.

— Vous connaissez beaucoup d'Arméniennes ?

— Mais oui, répond ma grand-mère, qui ne connaît que les cinq habitantes de l'hôtel, mais qui ne peut résister à une femme qui connaît Coco Chanel.

— Il en faudrait une vingtaine, vous auriez ça ?

— Oui. »

La femme se penche de nouveau sur le dessin de Méliné :

«Dites donc, c'est pas mal non plus avec les trèfles. »

Elle empoche le dessin. Elle hèle le serveur :

«Je fournis la laine et les dessins. Je vous fais livrer à l'hôtel mardi matin. À votre nom.

— Et Coco Chanel ?

— Comment ça, "et Coco Chanel" ?

— Vous connaître bien ?

— Mais qu'est-ce que vous avez tous avec Coco Chanel ?! »

Le gala de bienfaisance

La mode se réunissait chaque année dans ce dîner à Paris, au bénéfice d'une association. Cette soirée était l'occasion d'une débauche de mondanités. Bien entendu, notre journal y participait.

Valérie m'avait dit :

« C'est tout ce que tu détestes, mais viens.

— Pourquoi vais-je détester ?

— Tout le monde est très endimanché, tu vas voir.

— Et est-ce qu'il faut que je m'endimanche, moi ?

— Je ne sais pas quoi te dire. »

J'avais mis une robe du soir.

Le dîner commença. Malgré l'efficacité du personnel, servir une centaine de tables prenait un temps fou : quand les coquilles Saint-Jacques étaient enfin déposées devant vous, la course à travers la salle les avait fait refroidir.

Je rassemblais mes forces pour me tenir droite. La neurasthénie de mon voisin de gauche dépassait la mienne. On avait un peu parlé au début, sauf que les banalités n'ont qu'un temps, des discours soporifiques, incontournables dans une soirée de charité, nous avaient achevés. Mon pauvre voisin restait le menton désolé, à fixer, sur son propre carton, son propre nom.

J'étais l'hôtesse. Je fis un effort.

« C'est intéressant, l'achat d'espace publicitaire ? »

Il avait dit qu'il faisait ça.

« Passionnant.

— Ah oui ? En quoi ?

— Il y a sans cesse de nouveaux marchés. En ce moment, l'Asie. Les Asiatiques sont différents de nous.

— Ah oui, en quoi ?

— Ils achètent n'importe quoi.

— Je crois que ça n'aura qu'un temps. La Chine a eu des siècles de raffinement. Un goût exquis se reformera un jour là-bas, vous verrez.

— Ne parlez pas de malheur ! »

Il regardait sa montre.

« On n'est pas encore partis », blaguai-je.

Cela collait fort avec ses pensées, il se dérida un peu.

« Et si on se trouvait un jeu ? proposai-je.

— C'est-à-dire ? »

J'essayai de l'entraîner dans un lancer de boulettes. On roulait son menu pour en faire une sarbacane, on roulait une miette de pain pour en faire une boulette, et on se cherchait une nuque cible à une table voisine. Il me laissa fabriquer la sarbacane et la boulette. Au moment du lancer, il posa une main sur mon bras :

« Ne faisons pas ça.

— Pour quelle raison ?

— Ce n'est pas l'endroit.

— Je ne dirais pas ça. »

À qui voulait-il faire croire, ce bonnet de nuit, qu'il y avait un endroit plus propice qu'une soirée interminable pour lancer des boulettes ?

« Ce n'est pas respectueux pour la charité », conclut-il.

En un siècle, l'establishment s'était empressé de transformer ce milieu en une notabilité comme une autre.

J'avais ensuite « perdu » ce voisin de table : il pianotait sur son téléphone, j'en vins à lui demander :

« Mais qu'est-ce que vous trafiquez ?

— Je supprime des contacts. Je n'ai jamais le temps, autrement.

— Quel genre de contacts, par exemple ?

— Les morts.

— Vous supprimez les morts ?

— À quoi cela servirait-il de les garder ?

— Au frais, vous voulez dire ? »

Mais rien, aucun succès.

« Je supprime aussi les gens avec qui je ne suis plus en contact.

— Je reconnais que les morts font souvent partie de cette catégorie.

— Oui.

— Vous avez deux heures à tuer, si on résume. »

Toujours rien.

Je n'eus plus qu'à me concentrer sur mon voisin de droite qui lui était styliste. C'était Damian. Je l'aimais beaucoup et, si je lui parlais peu depuis le début de la soirée, c'était pour ne pas m'adresser qu'à lui, au fond. Il n'avait cessé d'examiner la salle. Dès qu'une fille se levait, il lui jetait un regard navré.

Il roulait entre ses doigts une boulette de pain, lui aussi :

« On l'envoie sur quelqu'un ? proposai-je.

— Je l'ai fait au début du repas. Maintenant, ça me rase.

— Je n'ai pas vu !

— C'est le principe.

— Tu t'emmerdes, Damian ?

— Toujours un peu... »

Une fille longeait notre table à cet instant. C'était la même qu'on avait vue déjà trois fois passer et repasser. Elle semblait bien excitée dans cette morne soirée.

« Tu crois que c'est au petit coin, qu'elle va toutes les dix minutes ? Pour prendre un petit remontant ?

— Probablement. Qui lui en tiendrait rigueur ? »

Il se mit le buste en arrière pour mieux me regarder de pied en cape :

« J'avais proposé que tu passes te chercher une robe à l'atelier.

— Tu trouves ça affreux, ce que je porte ?

— Non. Ça m'énerve juste qu'un autre t'ait habillée. À plus forte raison si nous considérons que je suis presque ton seul cavalier ce soir. »

Du menton, il me désignait mon voisin de gauche, toujours affairé sur l'écran de son téléphone.

« Il supprime des morts, soufflai-je à Damian.

— J'allais le dire.

— By the way, rassure-toi, un *autre* ne m'a pas habillée. C'est une robe que j'ai fait réaliser par une couturière de mon quartier. Elle a repris un modèle des années soixante. Un vieux truc que j'avais chiné, mais qui s'est déchiré, avec le temps.

— Tu es insensée...

— Je ne pourrais pas vivre dans des choses prêtées, Damian. Et là, il me fallait quelque chose d'habillé, que je ne peux pas m'offrir.

— Je t'aurais fait cadeau avec joie d'une robe du soir.

— Je ne veux pas, tu as suffisamment de soucis avec ta maison.

— Je n'aime pas cet argument. »

Puis, passant à autre chose :

« Ces tenues qu'on prête pour une soirée, c'est en train de ruiner une logique de l'élégance.

La distinction, ça dit bien ce que ça veut dire : que tu as quelque chose qui te distingue, qui n'est qu'à toi. Ces prototypes qui passent d'une fille à une autre, ça ôte aux vêtements leur valeur symbolique. Nous, les couturiers, on se bat pour que les femmes les plus fameuses dans le monde portent nos robes, parce que tu vois bien ce que c'est, c'est le business, mais en réalité cela signe la fin de l'incarnation. Plus rien n'est la peau de personne. L'incarnation, c'est quand la robe devient toi, tu crois pas ?

— Tu prêches une convaincue, Damian. On dit que ta mère était comme ça, que non seulement elle achetait des choses somptueuses mais qu'en plus elle se les appropriait vraiment, si tu vois ce que je veux dire. C'était, chez elle, incorporé.

— Elle est encore de ce genre. Tu la connais pas ? Faudrait que tu la connaisses vite, parce que son monde, il est fini.

— Elle est pas si vieille.

— Le vieux monde, lui, il est fini. Tu vois bien, toi-même tu parles d'elle au passé.

— Je le fais très affectueusement. Par amour.

— J'espère que tu ne cours pas après le passé, Sophie ?

— Un peu... »

Il me caressa le poignet :

« Bref, t'as pas supprimé les morts. »

Il fixa un grand homme qui venait dans notre direction. Le personnage en question était un patron important, milliardaire, et Damian avait toujours ce besoin infernal d'argent. Mon ami avait beau venir du firmament des nantis, ses illustres aïeux s'étaient ruinés, il avait du mal à maintenir à flot sa maison de couture. Au moment où l'homme arriva à notre niveau, je sentis une gêne chez Damian.

« Bonsoir Damian...

— Bonjour Hugues...

— Tu connais mon amie Sophie ? C'est la directrice de la mode à *Elle*. »

Hugues n'avait pas très envie de connaître Sophie, toute directrice de la mode qu'elle fût.

Il y avait une chaise libre à côté de Damian, Hugues posa une fesse sur un bord d'assise :

« Ton comptable nous a contactés, tu sais ça ?

— Je suis très étonné de ce que tu me dis.

— Il nous a contactés. Il cherche de l'aide, alors il est venu nous voir pour qu'on te renfloue.

— C'est impossible...

— C'est ce que je lui ai répondu. »

Sur ce, l'homme d'affaires se releva, continua son chemin avec un dos droit et un profil tranchant qui donnaient à penser que, peut-être, mieux valait ne pas l'avoir contre soi.

« Dis donc, cet homme a été ton petit ami ?

— Pourquoi tu dis ça ? me demanda Damian, blême.

— Il a l'air de t'en vouloir.

98

— Oui. On était dans le même pensionnat.

— C'est vrai que quelqu'un de chez toi cst allé lui demander de l'argent pour ta société?

— Oui, c'est vrai.

— Sans te consulter, c'est ça?

— Non, avec mon accord.

— Je l'ai senti.

— C'est un peu comique : qui aurait cru qu'un jour, ce pauvre Hugues, sans style aucun, serait là dans la mode à faire la pluie et le beau temps?

— Il n'avait pas vraiment l'air d'être ton allié.

— Il m'en veut.

— Pourquoi tu fais demander de l'argent à quelqu'un qui t'en veut, Damian? C'est pas un peu tordu?

— Il est riche à crever et moi je suis raide.

— Ta famille ne peut pas t'aider?

— Ma famille est raide aussi. Mummy fait Bed & Breakfast aux Pays-Bas.

— Dans un manoir, Damian.

— Tu n'imagines même pas ce que c'est compliqué à chauffer. »

Dans le taxi du retour, Valérie résuma :

« Ce qu'il est beau, ce Damian.

— Oui.

— Quel dommage qu'il ne soit pas pour toi.

— Il l'est. »

Elle y réfléchit un moment.

«Je vois ce que tu veux dire.»

Puis, frissonnant, elle sauta du coq à l'âne :

«Je ne peux pas la blairer, la robe que je porte.

— On te l'a prêtée?

— Je n'ai pas osé dire non.

— C'est le prix à payer pour les choses gratuites, tu le sais bien.»

Elle y réfléchit un moment.

Soudain, elle posa une main sur mon épaule :

«Comment expliques-tu qu'on aime tant les habits, et qu'on exècre à ce point ces soirées habillées, ces tenues habillées?

— Parce que tout est faux.

— C'est vrai.»

On traversait la place de l'Étoile.

«Tu m'as tendu un sacré traquenard en me donnant ce poste, dis-moi! Y a quand même un peu des emmerdements!

— Bah, y a pire, tu crois pas?»

C'était à mon tour de le dire :

«C'est vrai.»

J'ajoutai :

«Je pourrais avoir une tout autre vie dans une petite maison en Grèce, à Hydra par exemple. Je t'inviterais. On serait des femmes délivrées à jamais des soirées officielles.

— Oh, ça, ce n'est pas si sûr, Sophie : on n'aurait encore les enterrements... les civilités à rendre aux popes...

— Tu crois que c'est pire que la mode ?

— Faut voir ! »

On retira nos chaussures. On se vautra sur la banquette. On imagina cette autre vie qu'on pourrait avoir, en Grèce donc. Parce que, en Turquie, ça semblait impensable.

Les pulls dans la chambre
1927

Les pulls sont prêts. Ma grand-mère les a empilés sur un drap, dans un coin de la chambre. Elle n'a osé en essayer aucun. Scrupule étranger à Elena : elle voit les pulls, prend d'emblée celui du dessus de la pile et l'enfile.

Ça lui va bien. Cette chose moderne la fait ressembler à une femme qui se serait inventée elle-même.

« C'est beauté totale, avoue Méliné.

— Mets-en un, toi aussi. »

Méliné secoue la tête :

« Je veux pas abîmer.

— Qu'est-ce que c'est que ces âneries ? Je n'abîme pas, moi, regarde.

— C'est vrai. »

En réalité, ma grand-mère sait que ce pull n'est pas pour elle, elle a trop de seins, trop de hanches. Elle met des raisins secs dans les plats salés quand Elena, elle, trempe des tranches de concombres dans du yaourt. Ces destins ont eu beau se croiser, quelque chose dans le sang les sépare. Méliné n'ose aller jusqu'à admettre que c'est une question de culture puisque la culture, on peut toujours en changer. On revient toujours à cette limite atteinte par Méliné. Elle sait la repousser à l'occasion, mais ne la perd jamais de vue.

Elena maintenant est sur le lit d'Irant et de Méliné, le pull passé sur sa chemise de nuit. Ses longues jambes se croisent et se décroisent, elle ressent une excitation particulière, celle qui vient quand on a de l'allure.

« Elles sont où, les Gitanes ? »

Bien sûr qu'il faut une cigarette pour fêter l'instant. Alors elles fument, l'une au milieu des oreillers, les bras croisés pour voir à la fois et le pull et ses propres doigts tenant la cigarette, l'autre assise au bord du lit les yeux fermés et la tête en l'air, rêvant au travail accompli. Elle a personnellement tricoté deux des pulls.

« Je t'adore, Méliné.

— J'adore pareil. »

Leur amitié est française. Mieux, ce lien est un pays supplémentaire de la France, une région pour des survivantes comme elles. Une paix s'étend dans cette petite chambre d'hôtel, au point qu'on ne les entend plus, les deux, elles savourent leur bonne fortune.

Quand soudain :

« Souka ! »

C'est le mot russe d'Elena pour dire « merde ! ».
Elle vient de sursauter, et ma grand-mère aussi.

« C'est quoi ? s'affole ma grand-mère.

— C'est cendre ! Souka ! Souka ! »

Elena est debout sur le lit à épousseter le pull,
hélas c'est trop tard. Sur la partie écrue, une petite
tache est apparue. C'est brûlé. Ma grand-mère court
éteindre le mégot que, dans la panique, Elena a
envoyé valdinguer à l'autre bout de la pièce, Dieu
merci pas sur les autres pulls.

Quand elle revient, Elena a retiré le pull. Elle
l'examine, désespérée. Méliné passe un ongle sur
l'endroit taché.

« Il faut refaire, elle diagnostique.

— Tu m'as dit que ça demandait une semaine
de travail, Méliné.

— Pas grave.

— Ah bon ?

— Pas grave refaire. Mais grave, c'est que dame
elle vient chercher les pulls tout à l'heure.

— Ô Seigneur, Méliné, je suis désolée... »

Puis, prise d'une inspiration :

« Tu crois qu'elle va les compter, les pulls ?

— Ah tais-toi, moi je pas mentir.

— Et si on disait que c'est la petite ?

— Anahide ?

— Eh bien, oui.

— Anahide qui fumer ? »

Les pulls dans la chambre

Elles frottent le pull avec de l'eau. Ça ne part pas. Elles tentent de gratter l'endroit calciné. Ça ne part pas.

« Je vais dire vérité, règle Méliné.

— Je rembourserai.

— Mais oui. »

La femme est ponctuelle. Elle avait fait prévenir qu'elle serait là à seize heures, en effet elle est là. Méliné voit son automobile s'arrêter dans la rue et la femme en sortir. La femme est comme dans les souvenirs de Méliné, petite, malgré ses talons. Le cœur de Méliné s'agite tandis qu'elle entend monter Piotr. Il toque à la porte. Méliné ouvre, étonnée, pas par la présence de cet homme, mais par la vie en général, par le moment incroyable, par les piles de pulls, par le mégot encore posé sur la table de nuit. Il faudrait le retirer.

« Il y a dame en bas pour vous.

— Je remercie beaucoup à vous, monsieur Piotr. »

Ils jouent une scène. Ils savent très bien depuis ce matin qu'il va y avoir une dame en bas, et que ce sera la personne en question, et que Méliné en sera prévenue. Elle descend à la suite du concierge. La visiteuse lève les yeux, elle est si petite, on dirait qu'elle est loin. C'est un étonnement de déjà, si vite, toucher sa main tendue.

« Comment allez-vous, depuis l'autre fois ? elle dit.

— Mais très bien. J'ai pulls.

— Ça a été difficile? »

Méliné se concentre. Il faut être maligne.

« C'est vous me dire. »

Un large sourire sur le visage de la femme. Elle a un sens prodigieux du commerce. Elle adore cette réponse de négociant.

« Vous me les montrez? On monte? »

Comme c'est étrange. Méliné a pensé à chaque détail de son travail sauf à ça, au fait qu'il faudrait bien les montrer quelque part, ces pulls, et certainement pas dans l'entrée de l'hôtel.

Résignée, elle propose :

« Si vous me suivre... »

Les voici qui prennent l'escalier. Devant la porte, Méliné se retourne :

« Madame, ici c'est atelier. C'est pas maison.

— J'entends bien. »

Et elles entrent.

Méliné a eu tort de s'inquiéter : la femme ne fixe rien d'autre que les pulls. Elle marche droit vers eux, en prend un dans les mains, le déplie, le tend à bout de bras, le contemple, puis l'amène vers elle, le pétrit. Ça va très vite. « Tout' vitess' », dirait Méliné, si elle osait parler.

« C'est exactement ce que je voulais », résume la femme.

Il n'y a qu'une seule chaise dans la petite chambre, elle s'assoit dessus :

« On va les regarder un à un. »

Méliné les lui passe. La femme a un troisième œil pour scruter d'office les diminutions dans la maille, les points de rencontre entre le motif et l'écru, heureusement que le travail effectué est parfait. Quand elle en vient à ceux des pulls faits avec des trèfles, elle sourit à Méliné. On arrive aux derniers pulls, Méliné se demande si la femme les a comptés. Elle en est capable. Aussi, pour cette raison, Méliné dit :

« Il y a problème avec dernier pull, madame.

— Quel problème ? »

Cette femme ne vit pas dans le monde du problème.

« Il y a tache sur pull. »

Elle le lui montre. La femme passe ses doigts dessus, c'est encore humide.

« Vous l'avez mouillé, mais ça ne peut pas s'enlever, même avec du savon ou en frottant. La fibre est brûlée. C'est fichu.

— Je vais refaire, bien sûr.

— Il vous reste assez de laine ?

— Oui. Assez pour un pull. »

La femme maintenant voit la chambre. Tant qu'on y est, elle voit aussi le mégot. Ma grand-mère a honte d'une pauvreté qui ne correspond ni à son passé à Brousse, ni à l'avenir esthétique qu'elle a en tête. Bien sûr que la femme intègre qu'ici ce n'est pas atelier, ici c'est vie.

« Méliné... c'est Méliné, n'est-ce pas ?

— Oui.

— Vous et vos amies, vous avez fait un travail extraordinaire.

— Oui.

— Le chauffeur va prendre les pulls, et il reviendra en fin de semaine chercher celui qui manque, d'accord ?

— Oui. »

La femme réfléchit. À quoi peut-elle bien penser en contemplant le petit lit d'Anahide ?

« Non. On va s'y prendre autrement. Je vais vous laisser les pulls, et le chauffeur ce soir va vous apporter mes étiquettes et vous allez me les coudre. Je ferai coudre une étiquette chez moi pour que vous voyiez comment on fait, et où on les place. Ce n'est pas sorcier. »

Elle ajoute :

« Ça vous fera de l'argent en plus. »

Elle ajoute :

« C'est mérité. »

En partant, elle dit :

« Le pull avec la tache, gardez-le. Ce sera joli avec une grosse broche. Peut-être bien que ce sera le plus beau, Méliné. »

L'histoire de Hugues et de Damian

J'étais passée le voir. Je revenais d'un rendez-vous éreintant avec le directeur de publicité d'un grand groupe italien. Il venait de m'annoncer que, quelque effort que je fasse, et il me reconnaissait – peut-être par politesse – une honorable approche de sa marque, de toute manière c'était plié : il nous retirerait dix pages de publicité l'année prochaine, tout simplement parce qu'il avait besoin d'investir dans le marché asiatique.

Et puis le matin, par un concours de circonstances, Mado avait posé sur mon bureau un article sur la mort annoncée de la presse féminine. Si je n'avais pas été directrice de la mode, ça ne m'aurait fait ni chaud ni froid : je savais que les choses se passaient désormais sur des blogs inventifs, addictifs, et bien plus amusants que la presse féminine. Mais là, puisque j'avais la patte dans le piège, ça m'avait déprimée.

Être dans le show room de Damian me remontait le moral.

Il me montrait des robes les unes après les autres. À chaque cintre qu'il me tendait, il me disait :

« T'en veux pas, de celle-là ? »

Sur un ton, comme si je dédaignais ses créations.

Chaque robe coûtait cinq mille euros. Il les vendait, en plus. Il aurait été riche s'il n'avait été un diable dépensier. Il louait un appartement qui donnait sur les jardins du Palais-Royal. Côté Cocteau. Des vacances à Saint-Jean-Cap-Ferrat, même pas en parasite comme Cocteau, plutôt en louant des maisons merveilleuses, en dilapidant les bénéfices de sa société.

« Essaie au moins la noire ! »

Pour lui faire plaisir, j'acceptai de passer la robe. Je prévins qu'on allait bien rire. J'avais peur d'être ridicule. La robe sur moi, et si elle jurait ? J'avais peur que lui, Damian, si beau et si chic, ne devine mes origines en un instant. Je n'étais pas comme lui l'enfant d'une princesse. Pourtant, quand je sortis de la cabine, même si la robe ne m'allait pas, il ne se moqua pas :

« Ne me dis pas que tu te sens bien dans cette merde ?! »

Il faisait comme si c'était de sa faute. Alors que ça venait de moi, j'étais gauche dans les robes trop compliquées. Je préférais de loin quand il me prêtait ses pulls, ses pantalons.

110

Il décréta :

«On va quand même t'emballer la robe, t'auras qu'à la filer à quelqu'un.»

Alors, moi :

«Ne t'étonne pas de manquer d'argent, après!

— M'en parle pas. Je suis pauvre.

— On en est où avec Hugues?»

Il chiffonna la robe, me la tendit, un torchon :

«Prends ça, bécasse. Et si on allait chez Caviar Kaspia pour se refaire? T'as le temps?!»

Caviar Kaspia, c'était mille euros le repas pour deux.

«Tu vas pas encore aller te ruiner à m'offrir du caviar, Damian!

— Bien sûr que non! C'est toi qui vas payer, madame la directrice de la mode.

— Je ne peux pas faire une note aussi énorme.

— Bien sûr que si, tu peux. Jouis donc un peu des plaisirs secondaires. Ce sont à peu près les seuls que ton poste t'accordera.»

Comme j'allais répondre, il ajouta, goguenard :

«Tu la veux, l'histoire de Hugues? Ben c'est mille euros, en caviar de chez Caviar Kaspia. Allez viens, on y va.»

À seize ans, pensionnaire à la prestigieuse École des Sardes, en Normandie, au milieu des enfants de diplomates et des grands héritiers occidentaux, Hugues prévenait qu'il allait être riche. Cela revenait à avouer qu'il ne l'était pas. Bien entendu, il était bon élève. Ce n'était ni par un don spécial ni par amour de l'instruction ni pour contenter un père ou une mère, c'était pour intégrer l'École polytechnique et compter vraiment.

Il s'était mis en tête qu'on ne l'adorait pas, aux Sardes. Pensait que c'était à cause de sa famille nouvellement enrichie. En réalité, il n'était en rien impopulaire, il était juste un épuisant volontariste qu'on tâchait de fuir, parfois.

La coqueluche des Sardes, c'était Damian. Quand il était rappelé à l'ordre durant un cours, au lieu de ressembler à un reproche, cet avertissement procurait une distraction amusante aux copains, et aussi à l'enseignant. Que Damian déroge à une règle, et on l'applaudissait. On songeait à la modifier : elle semblait absurde après que Damian l'eut enfreinte. Notamment, Damian s'obstinait à porter des espadrilles vermillon avec son uniforme.

Un jour, en plein réfectoire, Hugues avait giflé Damian. Hugues venait de redire, pour la énième fois, qu'il serait milliardaire, il voyait déjà à peu près comment.

Damian avait eu ce commentaire :

« Un raseur plein aux as, c'est ce que tu voudrais devenir ?

— Je ne suis pas un raseur.

— Je n'ai pas dit ça, mon cher.

— Comment oses-tu dire que je suis un raseur ?

— Je n'ai pas dit ça. (Il le chantonnait, à présent.)

— C'est mieux, de ton côté ? Ton milieu croupit dans la mélancolie ?

— Pas faux.

— Retire que je suis un raseur.

— Ô Seigneur, Hugues... je le retire.

— Le raseur, c'est toi.

— La paix !

— Et puis, qu'est-ce que ça veut dire, ces *a priori* de nantis ? Alors maintenant, sous prétexte qu'on voudrait devenir un investisseur, on serait un raseur ? Je te signale que la société est en train de se moderniser. Il y a des techniques modernes, il y en a. Je vois des domaines où ce serait facile d'asseoir une exception européenne.

— Je rectifie, Hugues : tu ne vas pas devenir un raseur, tu en es déjà un, en fait. »

Hugues ignorait sa force (qu'il allait bientôt si bien déployer dans la finance) et la gifle avait fait saigner l'oreille de Damian. Ils furent collés, ensemble, quatre week-ends d'affilée.

Ils passèrent beaucoup de temps aux Sardes, près d'une cheminée, presque seuls dans cet ancien manoir, les deux surveillants se montrant peu.

Ils apprirent à se connaître.

Il y avait un Damian gai, arrangeant, pas rancunier, bien qu'il eût perdu momentanément l'ouïe dans cette farce, et il y avait un Hugues furieux d'être collé, pour le principe, alors qu'être dispensé de quelques week-ends en famille lui ôtait en réalité une épine du pied.

« Faisons une crapette, avait proposé Damian.

— Pour de l'argent ?

— Bien sûr !

— Tu vas perdre.

— J'adore l'idée ! » avait rétorqué Damian, dont la famille, oisive, gaspillait un assommant patrimoine depuis quatre générations.

Damian avait gagné.

Le dernier week-end, le samedi soir, ils étaient dans la chambre de Damian, à écouter des disques. Damian sur son lit, et Hugues assis par terre, sur le parquet. Il ne leur restait plus qu'une nuit de compagnonnage véritable avant la levée de la sanction.

« Évidemment, pour toi c'est facile, Damian. »

Damian se colla l'oreiller sur le visage.

« Est-ce que nous allons encore parler d'argent, cher Hugues ?

— Non. Enfin, pas vraiment. Je pensais aux filles. »

Damian remit l'oreiller derrière sa tête.

« Les filles, c'est pas mon truc. Mais j'imagine que sinon c'est facile pour l'humanité entière, Hugues. C'est bête comme chou, non ?

— Attends. Comment ça, c'est pas ton truc ?

— Je suis pédé, ma grosse. T'avais pas r'marqué ?

— Non. Les filles te courent après... »

Ils en voyaient le week-end quand ils rentraient à Paris.

«Ça, c'est parce que je voudrais les habiller, un jour. Toi tu vas les déshabiller, et moi je vais les habiller.

— Les déshabiller, c'est vite dit.»

Damian fronçait les sourcils :

«Tu es puceau, mon vieux?

— Là n'est pas la question.

— Aimerais-tu ne plus être puceau?

— Oui!

— Est-ce que tu les fais rire?

— Qui ça?

— Les adorables jeunes filles.

— Non.

— Il faut. Est-ce que tu leur dis qu'elles sont belles?

— Non.

— Il faut. Est-ce que tu leur dis qu'elles sont merveilleusement habillées? Et qu'elles le seront encore davantage quand ce sera par moi?

— Arrête.

— Leur dis-tu qu'elles sentent bon et que toi tu voudrais t'approcher et en sentir davantage...

— Non!

— Est-ce que tu renifles leurs affaires?

— Tu fais ça?

— Je le fais, mon cher. Alors que c'est pas mon truc.

— Tu es fou! Moi je veux juste... enfin, tu vois, tu comprends...

— Peut-être.

— Tu es puceau, toi?

— Ça va pas la tête!

— Tu le fais souvent?

— Tout l'temps.

— Tu le fais où?

— Ici, aux Sardes. »

C'était beaucoup pour Hugues.

«Alors tu sais le faire?

— Ben oui, mon vieux. Dis voir, est-ce que je peux t'aider? Je sens que tu patauges.

— C'est très gênant.

— Tu veux savoir comment ça se passe en vrai? S'il faut pousser un peu ou pas? En entrant, je veux dire.

— C'est dégoûtant, arrête.

— Désolé de t'annoncer qu'il faudra que ça le soit toujours un peu. »

Sur le lit, Damian s'étirait comme un lièvre.

«Au fond, qu'est-ce que tu peux m'apprendre, si tu ne vas pas avec des filles...?

— T'es bouché ou quoi? Puisque je te dis que c'est un peu la même chose, Hugues. Ce n'est pas fondamentalement différent.

— Comment tu sais? Tu l'as déjà fait avec une femme?

— Avec Mme Courvoisier.

— Quoi, Mme Courvoisier ! La prof de grec ?!

— C'est peut-être pour ça que je suis pédé.

— J'arrive pas à le croire.

— Le crois pas. Et tu t'y prends comment, alors, avec les filles ?

— Je ne fais rien, je t'ai dit. Je reste moi-même.

— Mon cher Hugues, si tu te contentes de te mettre la raie sur le côté, alors j'admets qu'il va te falloir devenir très très riche. »

Il y eut un silence où la nullité d'Hugues se posait sur le sol, tandis que s'éleva vers le plafond le génie de Damian.

« Mais alors, pratiquement, je fais quoi ? » avait fini par demander Hugues.

Damian envoya valdinguer ses espadrilles. Il se cala dans ses oreillers, qu'il avait en abondance, apportés par sa mère de Hollande.

« Tu veux que je t'aide, c'est ça ? »

Hugues pressentit qu'il allait être dépucelé là, par Damian. Il en était au point de se dire qu'il ne pouvait plus revenir en arrière.

Damian lui avait dit :

« Va te mouiller la tête. »

Hugues y était allé. C'était peut-être un rite. Qu'est-ce qu'on allait lui faire ?

Sur le lit, depuis la chambre, Damian chantonnait :

« Décoiffe-toi. Mets-moi cette foutue raie sens dessus dessous, Hugues. »

Bon, ça aussi, il l'avait fait.

Il était revenu dans la chambre.

Damian, la tête sur le côté, le décortiquait :

« C'est mieux. Déboutonne ta chemise. »

Ça aussi.

« Retrousse tes manches. »

Ça aussi.

« Pieds nus. Enlève tes chaussettes. »

Hugues détestait montrer ses pieds, pourtant.

« Retrousse un peu le bas de ton pantalon. »

Il l'avait fait.

« Tu chausses du combien, Hugues ?

— Du quarante et un.

— Mets les espadrilles. »

Hugues les avait ramassées là où elles avaient atterri.

Maintenant il était debout. Damian fumait, avachi sur le lit :

« Regarde-toi dans la glace. Celle de la penderie. »

Dans le miroir, Hugues vit sa chevelure brune et bouclée qui commençait déjà à sécher, ses yeux bleus égarés, sa bouche plus grande qu'il n'avait imaginé, ourlée, ses avant-bras plus musclés qu'on aurait pu croire, ses espadrilles magnifiques aux pieds. Il essayait de se convaincre que cet homme pouvait bien perdre sa virginité avec Damian, ça n'arriverait pas réellement à l'autre, celui à la raie sur le côté, celui qu'il était vraiment. Rassuré, il se sentit libre de crever d'un désir neuf.

118

« Et maintenant ? » dit-il.

Il était prêt.

La tête blonde, sur les oreillers, avait levé des paumes étonnées :

« Comment ça "et maintenant ?". C'est fini !

— On s'arrête ?

— Ben oui.

— Mais, pourquoi ?

— On s'arrête parce que c'est terminé : regarde-toi, bordel... tu es métamorphosé. Tu es quand même bien mieux comme ça, non ? Là, les filles vont tomber, tu n'auras même plus besoin d'avoir tant d'argent, mon grand.

— Alors, c'est tout ?

— Comment ça "C'est tout" ? Je t'ai donné un genre ! »

Caviar Kaspia s'était vidé. À quelques tables, des traînards comme nous re-commandaient des cafés. Le téléphone de Damian sonnait, il faisait le museau tordu à regarder qui ça pouvait bien être, ne prenait aucun appel.

« À quoi ça sert que tu aies un téléphone, si tu ne réponds jamais, Damian ?

— Ça met les gens en confiance. »

Et aussitôt :

« À toi, je réponds toujours.

— Pas faux. Et Hugues, est-ce que tu lui réponds ?

« — Je m'y suis mis. On se prend des fraises des bois ?

— Ils ferment, Damian.

— Mais non. C'est dans ta tête.

— Je pense qu'ici les fraises des bois doivent être hors de prix.

— C'est pour ça qu'il faut en prendre. »

Et il en commanda, sur-le-champ. Le service était terminé, mais qui aurait refusé quoi que ce soit à Damian ?

Il n'y avait plus que nous dans le restaurant.

« Penses-tu que, si tu avais une aventure avec Hugues, ça l'amènerait à payer tes dettes ?

— Pas sûr.

— Mais alors ?

— Au moins, j'aurais payé la mienne. »

Les serveurs avaient ouvert les fenêtres. Le vacarme de la place de la Madeleine entra telle une vie dans le restaurant, arriva jusqu'à nous.

« Je n'en reviens pas, Damian, que tu sois mon ami.

— Je suis ami avec toutes les directrices de la mode.

— Ce n'est pas vrai, allons.

— Détrompe-toi ! »

Je comprenais qu'il disait vrai. Et je n'arrivais pas à lui en vouloir.

Le nom de la grande couturière
1927

Les étiquettes arrivent avec marqué dessus : Schiaparelli. Ma grand-mère est déçue : elle a des doutes sur ce nom. Personne ne va jamais le retenir.

Irant n'est pas là. Il apprend à sculpter des meubles après le travail, sans plus se soucier des heures. Certains soirs, Elena rentre plus tôt que lui du Paradis Palace. Méliné dîne seule avec Anahide. Par mesure d'économie, les Arméniennes de l'hôtel mitonnent des plats collectifs, en bas dans la petite cuisine de Piotr. Méliné remonte, l'assiette chaude dans les mains pour sa fille. Ce sont des boulettes de viande au cumin. Ce qu'Anahide, frugale, ne mange pas, Méliné le termine.

Après avoir couché Anahide, Méliné a le temps de réfléchir : elle va coudre elle-même les étiquettes, sur les cent pulls. Sans l'aide des tricoteuses. L'argent sera pour elle. Le pull taché est posé sur la chaise, elle ose enfin l'essayer. Il lui va, c'est extraordinaire. Elle cherche à se convaincre

121

que la tache est là exprès, dans le motif. La dame
Schiaparelli a exigé la tache, même. Hélas, ça ne
marche pas : il y a vraiment un accident exprimé par
cette tache. Méliné réfléchit : découper la tache, on
ne peut y penser, cela ferait sauter les mailles. Une
autre solution : re-tricoter une pièce de laine, et l'apposer à l'endroit calciné, comme un relief. Est-ce
que ce serait beau? Est-ce que ce serait... chic?
Méliné ne le pense pas. Elle est concentrée sur le
pull, le plus bel objet qu'elle ait jamais possédé. Une
femme nommée Elsa (elle doit retourner lire le
nom) Schiaparelli l'a imaginé. Elle pose l'étiquette
«Schiaparelli» sur la tache, elle la recouvre. Un
fil, une aiguille, elle coud l'étiquette sur la tache.
La première étiquette Schiaparelli cousue par ma
grand-mère, c'est sur la tache. Ça lui plaît, elle
décide de peaufiner. Elle découd l'étiquette, cherche
et trouve une aiguille plus grosse dans sa trousse à
couture, une énorme dont elle pensait ne jamais se
servir. Elle enfile à grand-peine, à force de persévé-
rance, un fil de laine fourni par Elsa Schiaparelli
dans le chas de cette plus grosse aiguille. Elle recommence à coudre l'étiquette sur le pull, mais cette fois
avec ce fil de laine et à gros points, si gros qu'elle en
rit dans la chambre, pas trop fort à cause du sommeil d'Anahide. Elle regarde, elle est satisfaite : ainsi,
c'est si voyant, ça peut passer pour intentionnel.

Elle réessaie le pull. L'étiquette lui vient en bas
sur le côté. Le nom cousu, on dirait que c'est celui

de ma grand-mère, à présent. Elle se sent belle. Elle défait ses cheveux qu'un peigne en écaille discipline en permanence. Elle prend une Gitane, l'allume et s'installe sur le lit, comme Elena l'après-midi même. Elle éteint la lumière. Elle est dans le noir, avec le mégot incandescent. Elle sent remuer le désir en elle. Ou alors c'est le bébé, déjà? Est-ce que les enfants sont une raison de vivre? Les parents non vivants ne sont pas une raison de mourir, elle se l'avoue, elle le constate, le «Sois neuve» d'Irant interdit de le déplorer... Là, parce qu'elle est parée et vêtue du beau pull, présentable comme jamais, elle ose repenser à son père. Après la disparition de sa femme, il élevait ses filles seules, avec sa propre mère. On ne parlait jamais de cette mère. Dès qu'il partait en Suisse vendre des tapis, il revenait avec une aura de polyglotte, des résolutions mirifiques en tête, comme celle d'envoyer Méliné au lycée français d'Istanbul, un jour. On lui avait conseillé ça, en Suisse. L'épouse d'un riche Arménien de Genève, qui lui donnait les *Vogue*.

De temps à autre, elle met son bras sur le côté, en dehors du lit, pour que la cendre aille sur le sol.

Et si elle faisait une autre tache pour être définitivement moderne?

Quelqu'un gratte à la porte, ce ne peut être qu'Elena. Irant, lui, entre sans frapper. Elle va ouvrir.

Elena voit ma grand-mère avec le pull :

«Alors? Elle est venue?»

Ma grand-mère l'emmène dans le couloir, pour ne pas risquer de réveiller Anahide.

« Elle tout pris. Et pull, c'est cadeau pour moi. Et elle va me donner argent pour coudre étiquettes.

— C'est ça, l'étiquette ? »

Elena montre l'étiquette que Méliné a cousu sur le pull :

« Oui. Son nom, je crois.

— Ça a l'air italien.

— C'est femme avec accent, je t'ai pas dit ? Elle très riche.

— Elle t'a payée ?

— Non, d'abord je mettre tiquettes.

— Dis, pourvu qu'elle te paie...

— Elle payer.

— On sait même pas combien, en fait. On sait ?

— Elle donner argent. Elle voiture énorme.

— Fais quand même attention, c'est une méga-lomane.

— C'est quoi "mégalomane" ? demande-t-elle.

— C'est quelqu'un qui se prend pour Dieu.

— Cette femme se prendre pour Dieu ?

Elena désigne le pull :

« Regarde où elle met ses étiquettes ! »

La même année, Méliné est payée rubis sur l'ongle, et une autre page de *Vogue* vient s'ajouter à celle arrachée à l'exode. Dans un numéro de 1927, un long article est consacré aux pulls d'Elsa Schiaparelli. Ils ont révolutionné la mode.

Le propriétaire de Schiaparelli

Diego nous recevait dans sa luxueuse maison de Capri. Sa richesse était une œuvre en soi, elle était plus que conséquente, elle était onirique. On sentait un rêve ébloui dans chaque chose qu'il avait choisi de s'approprier. Par exemple, il possédait le bateau de Kennedy. J'y étais montée plusieurs fois, car Diego et moi avions des amis communs. Souvent l'été, sur la côte amalfitaine, Diego mettait le bateau à notre disposition. Il fallait que ce maudit rafiot, par ailleurs mignon comme un jouet, fonctionne sans arrêt, sans quoi il se détériorait.

La maison de Diego n'étalait pas de luxe, à ceci près : sur une île aussi petite que Capri, aussi prisée et aussi chère, il fallait encore rouler dix minutes une fois qu'on avait franchi le porche de ce havre. Le jardin où nous dînions était simple, de ce genre de simplicité qui a nécessité beaucoup d'intelligence.

Des tables étaient dressées près d'une longue piscine. Je n'en revenais pas que cela fasse partie de mon travail, d'être ici. Pourtant, ces voyages organisés pour des petits groupes de journalistes étaient courants dans la profession. Ils constituaient de véritables opérations de communication. Un lien se tissait entre la marque et vous dans ces apparentes «parenthèses». On sympathisait. Et c'était quand même une des dernières politesses des grands groupes, de faire l'effort d'être accueillants, alors que leurs ordres auraient suffi. Je me disais tout cela, dans le jardin mirobolant.

On avança vers les tables. On mourait de faim.

Eu égard à mon titre, on m'avait placée à côté du maître de maison. Une main sur mon épaule, il prévenait qu'on allait se régaler : un de ses employés, à son service depuis des années, lui épargnait d'aller dans les pizzerias, en lui confectionnant dans un four merveilleux des pizzas à domicile. Quand le génie des pizzas traversa la cour, Diego me le montra du plat de la main. C'était un vieil Italien au visage authentique, aux yeux dorés, je concevais que l'avoir près de soi puisse être rassurant, dans l'artificiel de la mode, dans la guerre des affaires.

Diego, après avoir détaillé pour moi le menu, était retombé dans le silence, fixant le vide droit devant lui, à perte de vue. Passer la soirée avec des journalistes devait le raser, et il était un peu obligé, il dirigeait plusieurs énormes marques de mode. Récemment, il avait racheté Schiaparelli. Cela faisait des années qu'Elsa Schiaparelli était tombée dans l'oubli. Sa concurrente des années trente, Coco Chanel, avait raflé la totalité de la gloire posthume. Diego essayait de réparer cela. Encore un rêve. Encore l'onirisme. Il avait reconstruit un faux appartement de Schiaparelli place Vendôme, dans l'immeuble où elle avait jadis eu ses ateliers. C'était là qu'elle avait entreposé les pulls de Méliné.

« On va passer la soirée ensemble, Diego. Alors de quoi pourrions-nous bien parler ? »

Un taiseux.

Alors, moi :

« Vous m'êtes infiniment sympathique.

— Vous êtes gentille.

— Sans doute que oui.

— Vous, c'est *Elle* ?

— Oui. »

J'éprouvais le besoin d'ajouter :

« Ma grand-mère travaillait pour Schiaparelli, vers 1927.

— Tiens !

— Elle était arménienne. C'étaient des gens qui avaient fui les massacres en Turquie. Des réfugiés. Des gens rendus pauvres par les événements. Pauvres comme, peut-être, certains dans votre famille l'ont été.

— Il y a longtemps, oui. »

Puis, dans un murmure, les yeux sur ses mains :

« Pas si longtemps...

— Un petit nombre d'Arméniennes tricotait les pulls à motifs d'Elsa Schiaparelli. Elle a commencé comme ça, en ouvrant une boutique de pulls à Paris.

— C'est adorable. »

Il m'enjoignait sans cesse à reprendre de la pizza. Dès qu'une nouvelle apparaissait, il annonçait que c'était sa préférée.

« Ma famille voulait s'élever dans la société, mais pas à n'importe quel prix. Il fallait que ce soit par le raffinement. Le raffinement impliquait la bonne éducation. On devait lire. On devait savoir comment se tenir à table. On disait "Bonjour madame" en entrant dans les boutiques, sans se soucier de savoir si on nous répondait ou pas. D'ailleurs, si on ne nous répondait pas, tant pis, nous devions rester avenants, l'être encore plus, ne pas se formaliser, nous les amoureux de la forme. "Nous, on reste souriants suprêmement", me chuchotait ma mère, dès qu'elle remarquait qu'une vendeuse faisait la soupe à la grimace. »

Est-ce que j'étais impolie à parler de moi dans la maison d'un roi ? De parler de pauvreté ? Lui avait fait le grand écart entre la cordonnerie de son grand-père en Italie et la place Vendôme à Paris.

Il était un frère à n'y pas croire. C'est pour ça que je l'aimais tant. Le saurait-il jamais ?

J'essayais de lire son profil. Je voyais qu'il surveillait de minichoses, l'heure qu'il était, l'état de son ennui, si les musiciens jouaient trop fort... et je voyais aussi la douceur de son visage.

« Ma grand-mère était persuadée qu'Elsa Schiaparelli était une millionnaire. Une femme avec un chauffeur et une voiture rutilante, n'importe qui en aurait tiré quelques conclusions. Quand Schiaparelli venait lui rendre visite, elle avait une Talbot verte, de ce vert des coussins de votre bateau, Diego. Avec un marchepied. Mais la Talbot, je crois, était prêtée. Le chauffeur n'en était pas un. Bref, elles étaient fauchées l'une comme l'autre, quoi que ça n'ait aucun rapport puisqu'Elsa Schiaparelli avait épousé un comte, et venait d'une grande famille. Alors que ma grand-mère était mariée à un ébéniste.

— J'aime beaucoup cette conversation », dit-il.

Sans le moins du monde y participer.

Le prénom français
1936

1936 est l'année des mouvements sociaux, en France. Pour la famille Drezian aussi. Ils décident de quitter l'Hôtel du Départ. Ce n'était plus vraiment un hôtel, à la fin, mais plutôt un assemblage d'habitations, une congrégation pittoresque. Ils avaient l'impression de vivre dans leur maison. Piotr est mort, quelque chose au foie. Les Russes alentour sont étonnés en entendant dire que ce pourrait être à cause de la vodka, alors qu'elle soigne jusques aux rhumes. À l'enterrement de Piotr, au cimetière russe de Sainte-Geneviève-des-Bois, à côté de Paris, Elena fait remarquer que c'est un comble, bon déjà la vodka, oui, mais aussi le destin hôtelier de Piotr :

« Un Russe d'avant la révolution, elle dit dans son discours, il a fui son pays pour ne pas vivre dans les appartements communautaires, et il les a reconstitués en France. »

On rentre à l'hôtel, on sait bien que c'est fini.

Irant a obtenu de louer un terrain de la RATP, rue d'Alésia, le long de la réserve d'eau de la Ville de Paris. Pour un bail modique (il n'y avait aucune construction sur le terrain), il a pu investir cet espace inespéré. D'ailleurs, il en fait un poème : « Louer un terrain ».

Il construit une maison avec des collègues. En bas, l'ébénisterie. Il a même un ouvrier français, qu'il vénère. La famille vit au-dessus de l'atelier, avec Elena.

Chaque élément qu'Irant a pu fabriquer en bois, il l'a fait en bois. L'escalier, le sol, les armoires encastrées dans les murs, avec des portes coulissantes, il en fait écouter le doux bruit à ses filles, il est émerveillé. Les étagères à hauteur d'aine dans chaque pièce, on peut poser des choses dessus, c'est pratique. Il déteste qu'on accroche quoi que ce soit au mur, sauf à un rivet spécial dans le salon, face à la table, à un emplacement décidé par lui, et à chaque repas on suspend à cet endroit un objet qui en vaut la peine, parfois c'est un bon point d'Anahide, et elle s'en réjouit, parfois une fleur, parfois un morceau d'un bois rare, parfois une dentelle de sa femme, parfois une sandale neuve. Le reste va sur les étagères. On peut attraper en passant une petite gravure ravissante, hop on la prend en main, les objets sont vivants, vous les touchez autant qu'ils vous touchent.

La surface habitable est un vaste plateau qui, en raison d'une dénivellation du terrain se trouve de plain-pied sur un petit jardin. Méliné épluche ses légumes au milieu des pâquerettes, des coquelicots. Les jonquilles poussent sous les lilas. Irant interdit de rien retirer à part les ronces. Pas même les liserons. Ils ont des abeilles. Le contremaître d'Irant à la RATP est venu visiter les lieux, le travail accompli. Le bienfaiteur a dit :

« Ça fait jardin de curé. »

C'est le plus beau compliment qu'on puisse adresser à mon grand-père. Son père disparu était prêtre orthodoxe.

« Ça fait mal au cœur, parce que vous n'êtes pas propriétaire et vous vous êtes donné tant de mal, alors que vous êtes en location, c'est peut-être provisoire. »

Irant a dit :

« Provisoire, qu'est-ce qui ne l'est pas ? »

Anahide a douze ans. Knar, sa cadette, ma mère, dix ans. Anahide est une jolie gamine dont un peintre arménien, à Montparnasse, a fait le portrait. Il lui trouve un air perse. Elle demande à ce qu'on l'appelle Anahita. À sa petite sœur, elle précise : « Princesse Anahita. »

« Princesse Anahita ? C'est n'importe quoi ! » lui rétorque Knar.

Anahide ouvre *Le Petit Larousse illustré*, du reste elle ne le quitte pas :

« Et là, regarde, c'est écrit quoi ?! »

132

Une princesse Anahita a bien existé en Perse.

«Non, il n'y a pas de princesse Knar, constate Anahide, qui a consenti à chercher.

— Ah bon?

— Je m'en réjouis.»

En vérité, Anahide est un peu jalouse de cette petite sœur si spirituelle. Le visage affranchi de Knar, sa formidable nonchalance, c'est l'esprit français. Le gros œuvre des efforts d'intégration ayant été accompli par l'aînée, la cadette se la coule douce, elle se permet les pitreries les plus inimaginables. Déjà, à la petite école, une fois où on lui avait mis un bonnet d'âne, au lieu de le rendre, après, elle l'avait subtilisé pour le porter dans la rue, en majesté. Cet automne, chez les sœurs où elle étudie, elle a convaincu sept personnes de son école que, si on met un caillou dans une oreille, il ressort par l'autre, nacré d'or. Une autre fois, elle a expliqué à une nouvelle venue que la petite souris apportait de plus gros cadeaux si on l'autorisait à passer par la culotte, en dormant les jambes écartées. Elle est consignée deux heures par mois en moyenne chez la surveillante, sœur Blanche.

Ce jour où Knar réalise qu'il n'y a pas de princesse Knar, elle va supplier sa mère de changer de prénom.

«C'est chose impossible», règle Méliné.

Il n'en faut pas moins pour activer l'ingéniosité de Knar. Pendant les récréations, elle reste à l'écart.

La sœur surveillante s'inquiète de cet isolement. Knar est sous un marronnier de la cour, les bras croisés haut sur sa poitrine naissante. À dix ans !

« Pourquoi tu ne vas pas jouer avec tes camarades, Knar ?

— Ils m'appellent Quenelle, et Canard. Et Queue de Nanar. »

Les camarades écolières sont rassemblées dans le bureau de la sœur surveillante, en présence de Knar. Elles admettent pour Canard, encore que ça soit Knar qui ait exigé ce sobriquet. Elles récusent le reste. Knar éclate en sanglots.

La sœur surveillante a des idées avancées sur l'éducation des filles. Les mouvements sociaux lui ouvrent l'esprit. Elle convoque Méliné. Elle propose qu'un « prénom de scolarité » soit attribué à Knar. Knar pourrait être Jacqueline.

« On peut changer nom ? demande Méliné.

— Sœur Blanche, elle est pas née comme ça », devine Knar.

La sœur surveillante éclate de rire. Puis, à Méliné :

« Je crois que c'est un cauchemar pour votre fille.

— Un cauch-knar », badine Knar, en balançant ses jambes dans le vide, sur sa chaise.

Montrant aussi par là son absolue maîtrise du français. Sa sœur Anahide n'a pas le monopole des dons oratoires. Bien sûr, Knar ferait mieux de se taire. Bah, quelle importance, on sait à quoi s'en tenir. La surveillante devine que Knar n'est pas tant moquée que ça, elle exprime plutôt là un rêve esthétique. Quant à Méliné, si elle n'avait pas osé choisir d'elle-même un prénom français pour sa fille, est ravie que la France le fasse pour elle. À dix ans, Knar devient Jacqueline.

Elle rentre le soir :

« Anahide, tu peux m'appeler Jacqueline ! On m'a offert ce nom à l'école. »

Anahide s'empresse de fourrager dans son dictionnaire :

« Y a pas de princesse Jacqueline.

— Tu vas voir, si y a pas de princesse Jacqueline... »

Knar se jette sur elle. Knar aime beaucoup se battre.

Anahide est accrochée à son Larousse et pousse de hauts cris. Elle ne lâcherait son dictionnaire pour rien au monde, car bien sûr, dedans, il y a une sainte Jacqueline : elle confectionnait des galettes à la frangipane pour saint François d'Assise. C'est une bataille où le Larousse, fort lourd, vole dans l'air. Knar finit par le récupérer et Anahide est bien obligée d'abdiquer, elle veut retrouver son Larousse intact.

« Y a une sainte Jacqueline, j'en étais sûre.

— Et alors ? Tu n'es même pas catholique. Et je vais le dire à sœur Blanche.

— Toi non plus tu n'es pas catholique.

— Moi, je suis chrétienne.

— Moi aussi je suis chrétienne.

— Avec tous tes péchés ! »

Le soir, les deux sœurs se réconcilient. Méliné sait comment réduire les tracasseries à néant : elle s'est installée sur la grande table du salon avec une petite boîte en fer, elle fait s'approcher ses filles. Les deux sœurs le savent, quand les pages de *Vogue* font leur apparition, celle froissée du *Tesoro*, celle avec Elsa Schiaparelli et les pulls, tout est pardonné.

Le chauffeur de la directrice de la mode

La période des défilés de mode à Paris. Il s'agissait de voir une dizaine de défilés par jour, tous plus éloignés dans la ville les uns que les autres.

Le premier matin, le chauffeur que nous avions en ces occasions passa me prendre. Je le connaissais depuis des années, il s'appelait Maxime. Il avait une moustache, une bonhommie de gavroche, toujours la gouaille aux lèvres.

Il m'attendait debout devant une estafette, le menton sentencieux.

« T'en prends, de grands airs ! lui dis-je.

— C'est le cérémonial, me répondit-il, une insolente malice aux lèvres.

— Ah bon ? Il y a un cérémonial ?

— Ces dames adorent.

— Quelles dames ?

— Les dames directrices de la mode. »

Il m'avait connue simple et drôle, comptait bien s'assurer que je l'étais encore.

« Ah, tu es au courant.

— Je sais bien des choses, chantonna-t-il, en faisant mine de regarder ailleurs. »

Il m'indiquait d'emblée la banquette loin au fond de l'estafette :

« Si Madame la directrice de la mode veut bien se donner la peine d'entrer...

— Mademoiselle.

— Ça ne se dit plus. »

Une loi venait d'interdire la mention « mademoiselle » sur les papiers officiels.

« Moi je le dis.

— Toi tu peux le dire, mais pas moi. Je ne suis pas directrice de la mode, moi. J'encours des poursuites. »

Je m'engouffrai dans l'estafette. L'ironie exquise de Maxime m'aida à surmonter mon appréhension quand il fit coulisser la porte sur moi. Ce type de véhicule me rappelait le cimetière de Thiais où on avait enterré ma mère, je m'étais mise dans le fourgon avec le prêtre arménien, un jeune homme qui arrivait d'Erevan, capitale de l'Arménie, et se serait senti perdu sans moi, déjà qu'il était avec une morte. Une inconnue.

Mon téléphone sonna. C'était Haydée. Elle était sur un shooting, une série de mode sur les « envies de janvier ». Et ça se passait mal.

« Le coiffeur a mis une coiffe d'Apache à la fille.

138

— On n'avait pas dit *campagne anglaise,* pour cette série?

— Il hait la campagne.

— Pourquoi ne l'a-t-il pas dit plus tôt?

— C'est une haine très récente, d'après ce que j'ai compris.

— Mon Dieu... et est-ce que la fille sourit, au moins, sous sa coiffe apache?

— Ça ne risque pas.

— Pourquoi?

— Son arrière-grand-mère était cherokee. »

Et comme ça pendant dix minutes, sans pouvoir parler ni au photographe ni à la styliste responsable de la séance, encore moins au coiffeur. Ils boudaient tous.

« Dis à la styliste de faire comme elle peut, je finis par proposer. »

Changer le monde, vaste projet.

On était presque arrivés au défilé.

« Où sont les autres? demandai-je, en frissonnant sur la banquette géante.

— Elles n'ont pas osé s'imposer dans la voiture si tôt le matin. Et tu verras qu'elles aiment bien prendre l'autre chauffeur pour aller à leur rythme. Comme ça, toi, tu es tranquille. Tu peux aller où tu veux, tu commandes. Tu es le chef.

— Je me sens bête. »

Il me scrutait dans le rétroviseur.

« Ça s'appelle la lucidité. »

J'ai toujours adoré la familiarité.

«Maxime, est-ce que tu l'aimes, toi, le cérémonial?

— Je trouve que y en a pas encore assez.»

Il m'avait acheté des croissants. Devais-je faire l'effort d'en manger un?

«Pas encore assez? Mais Maxime, tu voudrais quoi de plus? Tu viens me chercher avec une véritable maison sur roues, tu m'attends dehors dans le froid, tu m'ouvres la porte avec mille prévenances, tu as prévu des croissants, je ne vois pas très bien ce qu'on pourrait ajouter... à part, ce qui irait assez bien avec ta moustache, de t'habiller comme un chauffeur de maître.

— Avec la casquette, tu veux dire?»

Un éclat luciférien passa dans ses yeux.

Le lendemain matin, il m'accueillait en livrée, la casquette en place, bien que fort penchée d'un côté :

«Si Madame la directrice de la mode veut bien se donner la peine...

— Où t'as trouvé ces affaires?

— Dans ma garde-robe personnelle », sifflota-t-il.

Pour gagner sa vie, il avait un temps joué de l'accordéon dans une guinguette, à Joinville. C'est là qu'on lui avait fourni le costume. La casquette, il l'avait trouvée dans la rue. Il s'était un jour penché pour la ramasser, l'avait mise sur sa tête, s'était regardé dans une vitrine et, ma foi, s'était senti un certain genre, pour le jour où une occasion se présenterait. Les gants provenaient de la boîte à magie de son fils. Se déguiser, à l'aube, l'avait ravi. Depuis l'enfance il se rêvait en milord. Il trouvait qu'on enferme tous en nous quelqu'un au-dessus de notre condition, et que la métamorphose passe par les vêtements. Hélas, il n'osait jamais. Je lui racontai ma grand-mère sur le bateau, les *Vogue* abandonnés sur le quai. Ce que les magazines de mode représentaient pour elle. Et pour moi, à présent.

« Elle est vivante, ta grand-mère ?

— Oh, non, ça fait plus de vingt ans qu'elle est morte.

— Alors c'est trop idiot, elle peut pas te voir là où tu es arrivée...

— Non, elle ne peut pas.

— C'était la mère de ta mère ?

— Oui.

— Et ta mère, elle est vivante ?

— Non, elle n'est plus là non plus.

— T'as de la famille qui pourrait voir ?

— La sœur de ma mère, mais elle a perdu la mémoire, du moins pour ce qui concerne notre vocation d'élégance.

— C'est trop con. Tu ne peux pas te vanter. »

Il avait raison.

« Oui, je sais, c'est dommage. Mais est-ce que ce n'est pas toujours comme ça, dans la vie ? »

Quoi qu'il en fût, je le complimentai sur sa mise. Il m'avoua que, depuis six heures du matin où il avait mis la belle chemise, la cravate et le costume, il découvrait que l'habit fait le moine. Rhabillé de la sorte, il se sentait un nouveau larron. Un esprit de canaillerie lui venait et, bien qu'il fût l'homme le plus fidèle du monde, ahuri qu'une femme ait pu le choisir et l'aimer, sa tenue lui conférait soudain une débonnaire confiance en lui.

« Au feu, il me disait, les femmes me regardent.

— C'est la casquette.

— C'est le prestige de l'uniforme. »

Et il ajoutait, glouton de polissonnerie dans le rétroviseur :

« Ou alors... j'ai un fluide. »

À la première personne qui lui demanda pourquoi il était habillé comme ça, en frac, Maxime répondit :

« C'est la nouvelle directrice de la mode à *Elle* qui l'exige. Elle est très à cheval sur le protocole. »

Et à moi, dès qu'il m'apercevait, avec des révérences et des moulinets de bras :

« Si Madame la directrice de la mode veut bien se donner la peine d'intégrer son véhicule. »

Devant la faune entalonnée de mes collègues.

Le jeu irrésistible ne put durer. Une collègue, accoutumée aux commérages de ce milieu, m'alerta sur un prestige lié à mon titre. En général, les

142

personnes de la mode se battaient pour arriver là, à ce sommet où beaucoup de choses devenaient possibles, par exemple la jouissance de quelques privilèges, les cadeaux en abondance, les places en business dans les avions, et où d'autres se révélaient impossibles, par exemple une trop grande désinvolture. Je n'étais que la pièce utile d'un rouage. D'une industrie. Comme d'autres autour de moi, j'aurais eu le droit, par des tenues extravagantes, des talons trop hauts, de me rendre ridicule. J'aurais eu le droit de montrer que la mode, au fond, j'étais tombée dedans, que je m'y perdais, que j'en étais la victime. Le système savait manier cette déviance. Cela faisait partie d'un manège codifié, il n'effrayait personne. Il venait compléter cette idée que les femmes, bien plus que les hommes, se perdent en futilités, qu'il ne faut jamais leur donner de pouvoir, à part dans la mode, et encore. Cela était accepté, souhaité, considéré avec respect, si ce mot a un sens après ce que je viens de décrire. En revanche, la réelle irrévérence, la folle poésie, étaient ingérables. Même aux directeurs artistiques des maisons de couture, on commençait à interdire trop d'extravagance.

J'expliquai les choses à Maxime. Qu'il allait devoir remiser la casquette et les gants.

J'ajoutai :

« Ça me révolte. C'est des bourgeois sordides. »

Et lui :

«Tu croyais quoi? Qu'on allait te filer autant de pognon et en même temps te laisser libre d'agir comme bon te semble?»

Et pendant que je repartais vers mes collègues, je sentais sur mon cou, là, impalpable, invisible, une sourde contrariété. C'était comme ces réunions absurdes, ces déjeuners absurdes avec des gens absurdes.

Qu'est-ce que je faisais là?

Le *front row* de Méliné

1938

Il n'y a qu'un banc et, parfois, il est pris. Si c'est le cas, elles restent debout sur le boulevard, ou bien seule Méliné s'assoit, sur le bord, Anahide et Knar penchées sur elle. Méliné faisant mine de reprendre son souffle. Bien vite, les gens libèrent la place, pour que ces petites filles gracieuses et humbles (leur art est très au point) s'installent à côté de leur maman. Le banc est juste devant le café Le Sélect, sur le même trottoir. Selon que l'on s'y installe comme ci ou comme ça, on voit aussi La Coupole, de l'autre côté de la rue.

Ce qu'elles mijotent là, depuis leur place, c'est Elena qui le leur a appris. Il s'agit de guetter une femme bien habillée, pas juste une nantie et son notaire de mari (bien que les notaires ne soient pas chose courante au Sélect), puis, cette femme choisie, on mémorise la tenue qu'elle porte, l'agencement de ses cheveux, ses bijoux, ses attitudes. Des voleurs ne s'y prendraient pas autrement, sauf qu'elles ne sont pas en planque, elles sont au spectacle. Méliné capte chaque élément avec son regard, certes exercé à identifier la beauté. Pour plus de sûreté, Anahide a un petit cahier et un crayon, elle prend des notes, établit des croquis, c'est l'intellectuelle. Knar se tient prête : s'il faut voir des détails de près, le surjet d'une boutonnière, par exemple, c'est elle qui ira dans le café, prétextant y chercher sa tante Elena. C'est elle qui s'aventurera, elle adore l'idée.

Des années avant que la mode invente la machine de guerre des *front rows*, elles sont au premier rang.

Le défilé, ce n'est pas compliqué, il est constant. Dans le Paris bohème du boulevard du Montparnasse, les habitués du Sélect vivent à pas d'heure. Ça mange du saucisson lyonnais à quatre heures de l'après-midi, devant un verre de vin. C'est habillé comme pour le soir à onze heures du matin, c'est pressé et ça le dit (sur le banc, elles l'entendent). Une heure plus tard, c'est toujours là, le col en renard traînant sur le sol, que le serveur ne cesse de replacer sur le dossier de la chaise. Les femmes se lèvent pour la joie simple de bouger, pour rattraper une connaissance qui vient de passer sans les voir, pour dire bonjour à un bras qui s'agite, à la vitre d'une voiture qui ralentit.

Voici une femme en jupe. Elle discute avec une amie à dix mètres du banc, debout devant une table, en terrasse. Sa jupe a un tombé inédit, le banc frémit :

« C'est dans le biais », chuchote Méliné, à l'aise dans le seul vocabulaire qu'elle maîtrisera jamais, celui de la couture.

Anahide le note.

Méliné :

« C'est laine mousse. C'est gris-bleu.

— Je le vois, ça, la couleur, dit Anahide.

— Tu le dessines.

— Je le dessine ? Je n'ai pas de crayons de couleur. »

Elle a vu une boîte chez le marchand de jouets.

« Tu notes couleur.

— C'est poches carrées plaquées, petites. Knar ? »

Et Knar :

« C'est des poches grandes comme une fois et demie paquet de Gitanes. »

Elle est très bonne en proportions.

Ajoute :

« C'est longueur mollet. C'est pli creux. C'est taille haute. »

La femme retourne s'asseoir.

« C'est boutonné où ? » demande Knar.

C'est vrai, où ?

« On sait pas ? dit Anahide en s'adressant à sa sœur.

— Va voir, Knar », dit Méliné.

Knar entre dans le café. Révérence obséquieuse au serveur.

« Comment ça va, ma petite Jacqueline ?

147

— Ça va ! Elena, tu l'as vue ?

— Non. Pas aujourd'hui.

— Peut-être en terrasse ?

— Va jeter un œil, si tu veux. »

Et comment, qu'elle va jeter un œil. Elle se faufile, fait tomber son mouchoir, brodé par sa mère, en le ramassant compte trois boutonnières des plus étranges.

Elle recroise le serveur en sortant :

« Pas plus d'Elena que de beurre en branche !

— Je te l'avais dit. »

Sur le banc, elle explique :

« Comme de la ficelle entrelacée, ça fait des huits, d'un côté il y a une boucle, et de l'autre comme une pelote de laine microscopique, mais en ficelle, et qui entre dans la boucle et c'est comme ça que ça se ferme. Je le jure. »

Méliné :

« C'est comme je montrer toi sur militaires défilé du 14 Juillet ?

— Oui ! Mais beaucoup plus petit. »

Méliné ferme les yeux.

« Ô Seigneur, c'est brandebourgs ! »

Elle attendait l'occasion d'énoncer ce mot qui la fascine.

Elles rentrent rue d'Alésia et elles font la jupe.

Le *front row* de Sophie

Un chapiteau dressé dans le jardin des Tuileries. Un espace éphémère, comme la mode qu'on allait voir. Le protocole était total. Depuis la place de la Concorde où le cortège des voitures avec chauffeurs s'arrêtait – et où Maxime s'apprêtait à se griller une cigarette –, jusqu'au lieu du défilé, on avait déroulé un tapis rouge. C'était pour éviter que ces dames ne trébuchent sur le gravier. Elles portaient des talons hauts, cahotaient. D'un côté, on avait voulu les aider en déroulant de la moquette, pour que ce soit moins casse-gueule, et de l'autre, l'injonction de porter des talons hauts demeurait, ça restait impraticable. On aurait dit un bizutage permanent qu'on faisait subir à ces femmes. Elles s'arrêtaient tous les deux mètres pour être prises en photo. Dès qu'elles repartaient, c'était les yeux fixés sur le sol, pour surveiller les graviers, ça arrivait qu'un gravillon plus gros et maléfique qu'un autre ait roulé sur le tapis rouge, c'était un drame si on marchait dessus. La plus célèbre des journalistes de mode était restée six mois avec des béquilles, une année.

J'entendis qu'on criait le nom d'une collègue.

Elle posait, le sac bien en évidence au bout de sa longue main. Elle jouait le jeu. Trois personnes, à quatre pattes, rien que pour photographier ses chaussures.

« Hello ! Attends-moi ! elle me cria.

— Comment tu arrives à marcher avec ces trucs ? je demandai.

— C'est comme des chaussons ! »

Sa réponse ne m'étonnait guère. Ici c'était le pays des balivernes.

Elle me tenait le bras en souriant aux uns et aux autres. On progressait lentement sur le tapis, sans cesse approchées par des photographes. Je voulais me pousser, laisser ma collègue travailler. Avec son coude, elle me gardait serrée contre elle.

À l'entrée, bataillait un groupe compact et nerveux. Un espace s'ouvrit devant nous par miracle, quelqu'un avait fait signe de nous laisser passer. Ce monde ne vivait que de privilèges. J'avais accepté cette donne, au fond, parce que jamais Méliné n'avait dénié à personne le droit d'être favorisé.

Dès qu'on avait passé le barrage, c'en était fini de l'émeute. On avait de l'air et la paix. Un peu plus loin, certes, c'étaient encore des photographes, et pire encore : un mur de photographes. Les jeunes célébrités, parfois des comédiennes, et parfois juste de jolies filles, des *it girls*, devaient poser devant eux. Elles n'avaient aucun moyen d'y échapper. On criait leur nom, on lisait dans leurs yeux vides qu'elles ne savaient plus si c'était vivable ou horrible. À un moment, il se trouvait toujours une voix, chez les photographes – auxquels on ne pouvait certes pas reprocher un manque de professionnalisme – pour crier le mot «sac». Certaines starlettes, prises par l'émotion, la gêne aussi d'être une bête de foire, oubliaient de montrer le sac qu'on leur avait offert en échange de leur présence au show.

Je croisai Bruno. Il jeta un bref coup d'œil à mon allure.

«Ta jupe, tu l'as cousue toi-même?»

C'est idiot, ça me blessa. C'était comme si on insultait Méliné en ma personne.

«Je te laisse», lui dis-je.

Alors que c'était lui qui était déjà passé à quelqu'un d'autre.

Dans la salle du défilé, je marchais dans la pénombre en lisant les numéros de sièges. Quelques collègues me firent des signes. Elles me désignaient mon siège en tapotant dessus. Elles formaient une bande de Françaises au premier rang, à cent lieues des rivalités qu'on pourrait s'imaginer. C'était comme un microclimat bienfaisant. Malgré leur esprit caustique, ces femmes avaient conservé une innocence.

À la plus proche de moi, je confiai que Bruno avait été infect.

«Mets-toi à sa place, qu'est-ce que tu veux qu'il soit d'autre? Il a la patte dans le piège comme tout le monde.»

J'allais jusqu'à avouer que je doutais un peu, ces derniers temps.

Elle posa une main sur ma cuisse :

«Alors écoute : le milieu, c'est le milieu, tu vas pas le changer. Qu'est-ce qui t'inquiète, au juste?

— Est-ce qu'on est vraiment au service de l'élégance?

— Tu sais que tu es comique!»

Voilà, tout était dit.

Ou peut-être pas, car elle ajouta :

«Ça arrive que tu aies les larmes aux yeux en voyant comment deux larges bretelles se croisent à la perfection dans un dos?

— Oui.

— Pardon, mais c'est le principal.»

Le défilé allait commencer, la salle était dans la pénombre et le silence se faisait. Je me retournai vers les gens debout au dernier rang. On les appelait les «standings». J'avais été parmi eux pendant quelques années. Une force m'avait fait avancer de rangée en rangée, jusqu'à cet endroit prisé : le *front row*. Là où j'étais, il n'y avait plus rien d'autre

devant vous que le vide. Mais il était là exprès, pour
que les models puissent l'arpenter. Deux larges
bretelles se croisant dans un dos continuaient de
m'émouvoir. Et puis, à présent, je les voyais de plus
près. Parfois, en effet, leur beauté me filait les
larmes aux yeux.

La guerre
1940

La France a déclaré la guerre à l'Allemagne. Irant n'est pas mobilisé, il n'est pas français. Son ouvrier fait partie des appelés, donc Irant se retrouve seul au milieu de ses machines, lui le rêveur. Les commandes se raréfient, jusqu'à devenir inexistantes dès janvier 1940. Jamais il n'aurait osé en espérer tant. À l'étage, avec des moyens de plus en plus raréfiés, Méliné continue de coudre des robes pour ses filles adolescentes. Dans son atelier Irant accomplit d'autres prodiges.

Il a lu quelque part que l'on fabrique des meubles d'un genre nouveau au Danemark. Il a bu à pleines pages les photographies de ces merveilles. Ces meubles n'ont rien de l'ostentatoire souvent demandé par les clients. Leur sobriété irrésistible, la finesse de leur ligne, la marqueterie minimaliste, cela parle à mon grand-père, ses poèmes si courts m'évoquent pas autre chose que cet essentiel. Sur un mur blanc et libre de son atelier, il écrit, en arménien : « C'est simple. » Ce poème terminé, il se met à l'ouvrage.

L'hiver se passe. Lui, il crée.

En un an, il apporte sept meubles à l'étage de Méliné. Elena aide à les monter. Il faut que ce soit une surprise. C'en est une : Méliné, à chaque fois, reste devant le meuble, balbutiante. Et les filles se battent pour l'avoir dans leur chambre.

Bientôt, chaque étagère, table basse, table haute, bibliothèque, commode, chaise, canapé, vient remplacer des choses déjà existantes, qui deviennent encombrantes. Elles sont débitées en planchettes dans le jardin par Elena, qui a vu faire la chose en Russie. On sacrifie quelques mètres carrés du beau talus. Ces fagots inespérés, on se chauffe avec. Ma grand-mère fait pousser des tomates et des herbes dans le jardin. Anahide a la main verte, ou a trouvé à la bibliothèque le bon ouvrage pour savoir comment s'occuper d'un potager, avec elle on ne sait jamais. On ne manque ni de bois ni de menthe dans la maison des Drezian.

Au bout d'un an, donc, quand les Allemands viennent réquisitionner la matière première dans l'ébénisterie d'Irant, eh bien il n'y en a plus. Le bois possédé par Irant a été transformé en beauté.

Irant dit :

« Y a plus rien. »

Il ne ment pas. Il ne dit pas ce qu'il y a là-haut à la place.

Leur chef est d'un chic intégral. Il a une bague extraordinaire à un doigt. Il dit qu'il idolâtre le travail du bois, il dit que des meubles extraordinaires se font dans les pays nordiques, et mon grand-père prend peur. Est-ce que cet homme sait quelque chose ? Est-ce que ses filles se seraient vantées auprès de leurs camarades, malgré les mises en garde chaque jour réitérées ? L'officier dit que c'est une poésie, le bois, il idolâtre la poésie. Il est instruit, c'est contrariant. Il demande ce qui est écrit sur le mur. Mon grand-père traduit : « Un travail simple. » L'officier est pensif. Il demande à Irant, distraitement, s'il est juif. Non, Irant Drezian n'est pas juif, il est dégoûté de pouvoir l'affirmer.

« Je suis arménien. »

L'officier sait que les Arméniens sont chrétiens. Cela dégoûte encore davantage mon grand-père.

« Une grande culture », dit l'officier.

Ils partent.

Dès lors, Irant est morose. Les trois autres artisans de la rue, juifs, ont été arrêtés. Il range l'atelier dix fois par jour. Son ouvrier, prisonnier, travaille dans une ferme en Allemagne. Il envoie une lettre pour raconter qu'il abat des arbres, en Bavière. Anahide lit la lettre, le soir, après le dîner. L'ouvrier trouve dans l'exil un lien avec la famille Drezian, à cause de l'odeur de sciure, il dit que seule l'odeur vous rapproche vraiment des êtres aimés. À côtoyer Irant, l'ouvrier est devenu un peu poète. Ou alors c'est l'esprit de la Forêt-Noire. La sirène retentit, hurle sur la lettre. Ils éteignent les lumières. Il faut descendre à l'abri proche, en bas de la rue.

Mon grand-père :

«Attendez.»

À ses femmes.

Il va dans sa chambre, à tâtons, dans ce noir. Knar le suit pour comprendre. Il ferme la porte :

«Toi aussi, attends.»

Il revient, il fait moins noir ou alors l'œil s'est habitué. Irant a sur lui le costume d'Alexandrie. Il se remet sur le canapé à côté de sa femme.

Il prévient :

«On ne descend pas. On reste ici.»

La flamme d'une bougie, lui blanc dans ce noir :

«C'est royal», dit Elena.

Voilà, ils sont ensemble, au milieu de leur mobilier dernier cri. Ils ne prient pas. Ils sont beaux à en crever, tristes à en crever, en colère à en crever. Ils ne savent pas ce qu'on fait aux juifs, certainement pas du bien. Ils ont trouvé refuge dans la seule oasis qu'ils connaissent : la dignité vestimentaire. Ces derniers temps, des doutes les taraudent sur les bienfaits de l'élégance. En effet, celle de certains officiers allemands, d'une politesse effrayante dans le métro, est totale. C'est le pire de tout.

La guerre au model

« C'est la guerre ! » me prévint-elle, à peine poussai-je la porte du studio.

Elle s'était cassé un ongle, d'exaspération, en essayant pour la énième fois de mieux placer les épaules de la fille.

« Dis-moi, Flèche, tu ne l'as pas pincée ?

— Je vais la tuer si ça continue. »

Elle disparut soigner son ongle.

La fille en question, un model, était en peignoir, chétive, recroquevillée sur le canapé, plongée dans son téléphone. Elle était comme elles sont en général, une gosse. Haydée à cet instant assise auprès d'elle, semblait être de dix ans son aînée. À chaque fois j'étais effarée par leur jeunesse, leur maigreur d'enfant poussée trop vite. À chaque fois, on me rassurait : ça n'allait pas se voir, c'était le model du moment, si on n'avait pas cette fille, nous, là, avant les autres, on ne l'aurait jamais. On promettait aussi que la maigreur, en photo, se verrait moins.

« Ça va, Haydée ?

— C'est un peu spécial. Personne ne se parle. »

L'ambiance, sur cette prise de vue, avait atteint son apogée.

«Hello!» je tentai avec douceur, vers la jeune model.

Elle leva les yeux. Ils étaient couleur myosotis, d'une tristesse abyssale dans un visage mou.

«Française?

— Russia.

— *Do you speak any english?*

— *Yes.*»

Pourtant, dès que je lui parlai anglais, les malheureux yeux beaux se perdirent en perplexité.

« *So... you are nineteen?*

— *Yes, nineteen.*»

Elle mentait.

« *Could it be... more precisely... seventeen?* je proposai.

— *Maybe...*»

On était d'accord.

Flèche revenait. De fort mauvaise humeur, elle avait dû couper très court l'ongle abîmé, et plus rien dans sa main, selon elle, n'avait de cohérence. Elle ne jeta pas un regard au jeune model.

«Où est le photographe?

— Il veut pas faire avec la fille.

— Qu'est-ce que ça signifie, ça?

— Il la trouve pas poss'. Elle est pas poss', regarde.»

Elle me la désigna du poing. C'était d'une telle grossièreté.

Je dis :

«Flèche, tu réalises que cette jeune fille t'entend? Tu sais qu'elle te voit?

— Oh ça va, arrête.»

Le voici qui venait, justement, le photographe. Peu amène. Il détestait que les directrices de la mode débarquent sur ses shootings.

«Faudrait l'habiller, j'ai fait ma lumière.»

Il tourna les talons, pas un regard au model, à peine un dans ma direction. Haydée emmena la pauvre gosse vers les portants de vêtements.

«Tu n'y vas pas? je demandai à Flèche.

— J'ai préparé les tenues. Y a plus qu'à lui mettre les trucs. C'est un travail d'exécutant.»

Elle ajouta, indiquant du menton l'endroit où étaient parties Haydée et le model :

«C'est quoi cette assistante?

— Haydée? Elle est très bien.

— Elle est pas poss'.»

Que faisaient les rameurs, sur leur embarcation, quand l'un d'eux non seulement refusait de ramer, mais encore bloquait ses rames dans l'eau, entendant empêcher la progression de l'équipe? J'aurais bien aimé le savoir.

La fameuse gaieté si difficile à introduire dans la mode, c'était ici que ça commençait. Ma mission n'était pas d'occuper Mado, ni d'ouvrir le cœur d'un Bruno, ni de boire du thé avec Valérie, ni de contracter des budgets, ma mission c'était maintenant à cette seconde. Sans doute que, quand une photo était triste et morne, le shooting l'avait été. Il était là, le nerf de la guerre : il aurait fallu insuffler de la vie dans cette journée de studio, or pas plus le photographe que Flèche ne savait comment faire. Et ils se bétonnaient, comme on dit judicieusement, avec la plus facile et protectrice des attitudes : tout le monde faisait la gueule.

«Écoute-moi, Flèche, je vais t'expliquer comment j'analyse les choses. Tu as peur de rater cette séance. Ta frousse te fait disjoncter.

— Pas du tout.

— Comment s'appelle ce model, dis-moi?

— Un nom en A.

— Tu sais pas son nom.

— Et alors? Qu'est-ce que ça peut bien faire?

— Elle s'appelle Ryka.

— Je te l'avais dit que c'était un nom en A.

— Sur ce shooting, Ryka n'est rien sans toi.»
Lueur d'intérêt dans les yeux de Flèche.

«Redis-moi le thème de cette série, s'il te plaît, Flèche.

— "Court, toujours."

— Avec un point d'exclamation et sans virgule : "Court toujours!" Du mouvement et de la gaieté, tu te rappelles? Tu étais d'accord, finalement. La fille devait avoir des baskets quelle que soit sa tenue, aussi bien quand c'était sa nuisette le matin ou une robe du soir. Tu as le talent qu'il faut pour faire une envolée de cette situation. Seulement, pour ça, il faut que tu donnes déjà de l'énergie à cette gosse. Il faut qu'elle se sente la plus légère des filles au monde, pas juste la plus maigre.

— Elle est énorme. Elle a de gros genoux.

— Elle est squelettique. Ses genoux ne sont pas gros.

— Elle a de gros os.

— Elle a des os normaux, c'est juste sa maigreur qui ne l'est pas. C'est juste ton impolitesse qui ne l'est pas.

— Elle a appelé son agence pour se plaindre.

— Elle a eu raison. J'aurais fait pareil.

— J'en voudrais une autre.

— Une autre fille ?

— Oui. Une poss'.

— Dans tes rêves, Flèche. Dans tes rêves. En revanche, cette fille va avoir du génie aujourd'hui, à partir de maintenant, et ce sera grâce à toi.

— Quoi ?

— C'est une mioche. Va déclencher sa joie, bordel. Sinon, c'est moi qui y vais, et je réalise cette séance à ta place. Ce serait dommage, tu crois pas ? Je n'ai ni ta virtuosité, ni ton instinct. Fais-moi un putain de miracle. En plus que là, pardon, tu as vraiment l'occasion de te surpasser, vu l'ambiance ! »

Cette dernière réplique lui arrache une grimace d'adhésion.

«Je promets rien.»

Mais elle y va. Elle va parler à Ryka.

Il me restait le photographe. Il était assis devant un ordinateur, autiste, il baragouinait des choses à son assistant numérique, qui n'osait m'adresser plus qu'un bonjour bafouillé. Il savait que j'étais indésirable en ces lieux. Peut-être parlaient-ils de ça l'instant auparavant.

«C'est quoi le souci avec Ryka?»

Le photographe savait que je lui parlais à lui et pas à la cantonade. Et, sans me regarder :

«Elle donne rien. J'en sors rien.

— Tu as dit qu'elle était sublime?

— Elle l'est pas.

— Tu te fiches de moi?

— Elle a des pieds affreux.

— Elles ont souvent les pieds affreux, les pauvres. C'est des géantes qu'on oblige à marteler le sol sur des talons de douze centimètres. Sauf que celle-ci, elle a des yeux myosotis.

— Oui, ça c'est vrai.

— Dis-le lui.»

Ryka, Haydée, Flèche, le coiffeur, le maquilleur, ils revenaient. Ryka, habillée, perchée, était au milieu d'eux, un OVNI. Elle était bien plus belle que ce qu'elle portait. Il aurait été judicieux de demander à Flèche comment cet accoutrement, lui vraiment «pas poss'», pour le coup, et que je n'avais validé en rien, pouvait se trouver là sans mon autorisation, sur le point d'être publié dans le journal que je dirigeais.

«Flèche, mais où sont les baskets?

— J'ai trouvé que ça ne marchait pas dans cette histoire.»

Tant de choses m'échappaient. Les bras m'en tombèrent. Je calculais hélas qu'on n'aurait jamais le temps de faire venir d'autres tenues. Il fallait parer au plus pressé. Je proposai à Ryka de me prêter son téléphone, pour que je la prenne en photo, et qu'elle puisse montrer à sa famille la sensationnelle enfant qu'ils avaient mise au monde.

Elle en fut si heureuse qu'elle m'embrassa.

Elle avait peut-être moins de dix-sept ans.

Flèche vint s'asseoir à côté de moi.

«Tu es furieuse, Sophie?

— Oh, non... même pas. Et toi, Flèche?»

Je le lui demandais sur un ton si doux, elle n'osa grogner.

«Toujours un peu, murmura-t-elle.

— C'est ton vrai nom, "Flèche"?

— C'est le vrai nom de personne, atterris.

— Comment tu t'es retrouvée à t'appeler comme ça?

— C'est la contraction de "Fuck" et "Lèche".»

Elle se leva.

Je l'avais encore perdue.

Deux couturières des années cinquante

La guerre est terminée. Elles sont connues dans le quartier, bien plus que des couturières. D'un chic ravageur. Des exemples pour ceux qui, chaque jour, les croisent dans la rue.

Elles, elles puisent leur inspiration dans *Vogue*. Et il y a aussi un nouveau magazine, *Elle*, qui vient d'être créé. Il a suffisamment impressionné Elena pour qu'elle ramène un chaton à la maison, le mannequin en couverture du premier numéro en tenait un dans ses bras. Mais c'est encore au Sélect qu'elles préfèrent aller s'informer sur ce qui est à la mode. Elles en ont terminé avec le banc, elles sont désormais assises toutes les deux au milieu des clientes. Par leur surnaturelle capacité d'observation, et les années passant, elles ont attrapé une gestuelle ravissante. Méliné souffre d'un peu d'embonpoint.

Une main tragique posée sur son cœur, Elena en vient à s'inquièter :

« T'es pas enceinte, j'espère... »

Méliné secoue la tête. Ce serait son rêve, de repeupler encore un peu plus la France.

Ce jour-là, dans le salon rue d'Alésia, le paquet de Gitanes est sur la table esprit danois, et assises dans des fauteuils esprit danois, très bas, recouverts d'une peau de mouton, avec sa belle laine blanche frisée qui, inexplicablement, ne se salit jamais, elles triomphent. Désormais, ce sont les filles de Méliné qui cousent et tricotent.

Elles, elles fument, en les surveillant.

Knar s'emploie aux travaux de couture avec enthousiasme, coudre vaut mieux qu'étudier. La France libérée, c'est elle. Elle l'incarne des pieds à la tête. Elle est «auditrice libre» aux cours de Langues Orientales, autant dire obligée à rien, fourrée à la Cité universitaire avec de faux camarades de classe, à organiser des soirées dansantes. Elle dit qu'elle rentre à telle heure, elle ment. On lui fait la morale, elle rit. On la laisse libre, finalement. Elle sait qu'elle abuse. C'est français d'abuser, et il faut bien qu'elle paie son immunité par quelques tâches ménagères. Anahide coud de plus mauvaise grâce, en jetant des regards de suppliciée au seul être au monde qui la comprenne, Beethoven. Elle possède un buste de plâtre du grand musicien, trouvé dans une vente de charité, elle le trimbale avec elle jusqu'aux cabinets. Les deux sœurs, pourtant si différentes, ont un point en commun : elles aiment à en mourir se confectionner des habits pour elles-mêmes, une fois les commandes achevées. Leur allure est devenue mythique aux abords du 7, rue d'Alésia. Les «sœurs Drezian», comme on les appelle, sont sidérantes.

Même la beauté d'Anahide, exemplaire, passe après son allure. Elle est grande, toujours à plat, vole les pantalons de son père aussi bien que ceux d'Elena, se noue des cravates d'homme jusque dans les cheveux, des foulards à la taille comme Fred Astaire. Seul hic : sa panoplie la rend inabordable. Elle a vingt-deux ans, elle a rencontré un Arménien de la communauté, Waïk, un lettré ingénieur, il a peut-être vu les cravates, Anahide en portait deux l'une sur l'autre ce jour-là. Quoi qu'il en soit, il s'est fiancé à une autre femme. Le fait si rare d'être princessse Anahita n'a pas suffi. Le buste de Beethoven a dû recueillir un chagrin illimité.

Quant à Knar, elle est passionnée par les sandales à semelles compensées. Une paire qu'elle a, blanche, elle la porte avec des chaussettcs roulées sur sa cheville, une jupe un peu longue car Jacqueline et Knar l'ont voulue très confortable, à plis, large aux hanches. Quand on met ses mains dans ses poches, une liberté de mouvement est ainsi consacrée. Knar est sage, Jacqueline ne l'est pas. Knar jouit d'avoir de l'allure, alors que Jacqueline sait combien ses robes sont faites pour être retirées. Jacqueline attend, tapie. Prête à dévoyer Knar à la moindre occasion.

Pour l'heure, Anahide, Knar et Jacqueline, cousent.

«On a réussi les gosses, constate Elena, du fond du canapé.

— Oui, reconnaît Méliné, la Gitane aux lèvres.

— Pourvu qu'elles tombent pas enceintes!»

L'histoire de Bruno

Bruno voulait me voir. Mado m'annonça la nouvelle. Elle tremblait toujours un petit peu quand ça «venait de là-bas», de cette maison de couture-là. On aurait dit que c'étaient eux nos employeurs.

Flèche, présente dans le bureau ce jour-là, prophétisa sur-le-champ :

«Il va t'engueuler parce qu'on ne parle pas assez d'eux.

— On parle d'eux sans arrêt, Flèche.

— Ce sera jamais assez.

— Même quand c'est arrivé que leurs robes soient ridicules, on a dit qu'elles étaient belles.

— Il le sent.»

Le soir je me rendis dans le hall d'un grand hôtel, où Bruno avait fixé le rendez-vous.

Il était déjà là, devant une coupe de champagne :

«On se commande un truc sympa, non?»

Il demanda des blinis. Il semblait détendu. S'il avait dans l'idée de me rappeler mes servitudes,

169

disons qu'il s'y prenait étrangement. Les yeux d'elfe plus elfes que jamais, semblaient rêveurs. Les lèvres fines moins contractées, moins sur leur garde. Peut-être qu'on avait un peu trop parlé d'eux, en fait, et qu'il était aux anges.

« Alors, comment tu t'en sors, Sophie ?

— Ça va. »

Et, pour indiquer qu'un certain professionnalisme ne m'était pas totalement étranger :

« On a bien travaillé avec vous cette saison. »

Et lui :

« Alors, comme ça, tu sais coudre ? »

Et il me raconta son histoire.

1990. Rien n'est trop drôle à Clermont-Ferrand, ça fait au moins un heureux : le père de Bruno. Il se frotte les mains d'aise en pensant que cette platitude quotidienne est le sens même de l'existence. Le monde bouge, pourtant quelque houle que l'actualité déclenche, ici à Clermont ce ne sera jamais qu'un clapotis. Ni le père de Bruno, professeur de physique, ni la mère de Bruno, professeur d'histoire-géographie, ne songent à quitter cet Éden.

En août 1993, Bruno a dix-huit ans. Son père prévient :

« C'est un âge charnière. »

Bruno est habitué à cette sentence, il n'a eu que des âges charnières : à dix ans et treize ans, et quinze ans et seize ans.

À chaque fois le père annonce un cap décisif. Il espère ainsi donner à son fils une pulsion de virilité. Il faut reconnaître que cette méthode marche de moins en moins bien. Bruno n'a plus à apprendre à pédaler sans les petites roues, la paume sûre de son père plaquée sur son dos bien droit. C'est un homme et il sait même quel genre d'homme il est, pas celui dont son père aurait rêvé.

Ce que Bruno aime le plus au monde : la machine à coudre de sa mère. Ce que Bruno a demandé pour ses dix-huit ans : un caban bleu marine. Âge symbolique, habit symbolique. Il est parti à Lyon l'acheter, ses parents n'auraient pas su choisir. Ils sont complètement classiques, les malheureux. Il est revenu, il avait le caban sur lui. Tête des parents. Non, il n'a pas attendu le geste symbolique du don, il n'a pas attendu les bougies sur le gâteau, non pas que cela lui aurait déplu, sauf qu'il n'a jamais pu résister à un habit.

«Tu as pris trop petit. Tu as gardé le ticket? a dit le père.

— Oui mais moi, j'aime bien que ce soit près du corps.»

Le père n'a pas insisté. Il n'aime pas quand son fils dit «corps». Bruno dit «ccccorps» comme un maniaque. C'est exprès. Pour se faire comprendre.

Quelques jours plus tard, Bruno surprend une conversation entre ses parents. Son père est soucieux. Est-il normal que Bruno ait surpiqué de bleu ciel les boutonnières du caban bleu marine qu'on vient de lui offrir? Est-il normal qu'il ait accompli lui-même ces travaux de couture, dans la nuit? Est-il normal qu'il sache surpiquer? Qui le lui a appris? Est-il normal qu'il soit le seul de Clermont 1, à avoir choisi un caban trop petit, 2 à remonter le col de sa chemise dans ce caban pour s'inventer une collerette, 3 à glisser dans ce col un foulard qui est un vieux torchon – un vieux torchon! – à carreaux? La mère ne sait quoi répondre. Bruno, caché, dans le couloir, retient sa respiration.

Le soir, son père le prend à parti. La mère, dans le canapé, garde un doigt dans un livre pour ne pas perdre la page, se donner une contenance.

«Tu demandes un caban. On t'offre un caban. Tu choisis le caban, on ne s'en mêle pas : un cadeau est un cadeau. Le caban est trop moulant, c'est ton affaire. D'accord. Mais je vais te dire ce qui me chagrine : c'est le caban de tes dix-huit ans et, à peine tu l'as, tu le détériores.

— Non papa, je...

— Tu le décores.

— C'est...

— Et ne va pas m'objecter que c'est à la mode.»

Bruno sait mieux que personne ce qui est à la mode et ce qui ne l'est pas. Il lit les magazines de sa mère. Le caban bleu marine n'est pas à la mode, c'est juste à cause d'une photo d'Yves Saint Laurent qu'il a vue. Le beau Yves portait un caban. Avec un pantalon blanc pattes d'éléphant.

«J'ai juste essayé que ce caban me ressemble, papa.

— Que ce caban te quoi? Non mais tu entends ce qu'il dit, Isabelle? C'est pas énorme?»

La mère de Bruno, elle a montré à Bruno comment coudre, pourtant, la peau de vache, elle opine du bonnet, elle est d'accord que c'est énorme.

Le père :

«Ton caban à présent est immonde.

— Selon toi, papa.

— La vérité, c'est que tu es...»

Bruno attend que son père le formule.

«Tu es...»

Et puis, si le père le formule, admettons qu'il le fasse, il va le faire, c'est donc qu'il le sait, et s'il le sait, il n'y aura plus besoin de le lui révéler.

«La vérité c'est que tu es grunge.»

L'aberration du mot. L'instant est fou.

Ils se maintiennent en suspens, les trois intimes, quelques longues secondes. Dans le livre, le doigt de la mère est congestionné, le père a les deux mains posées à plat sur la table de la salle à manger, il défaille après avoir osé une définition.

«J'ai quelque chose à vous dire, annonce Bruno.

— Non, dit le père.

— J'aime les garçons.

— Non.

— Je les préfère. »

Il ajoute, pour que le père ne reprenne pas espoir :

« Je les préfère à n'importe quoi d'autre.

— Cela ne nous regarde pas, dit le père.

— C'est pour ça, le caban, papa. Yves Saint Laurent est mon maître. Je veux lui ressembler. »

Le père :

« Et être ça ?

— Oui. Et avoir un caban du tonnerre.

— Tu peux avoir un caban selon tes désirs sans être ça.

— Je suis ça.

— Tais-toi.

— Maman ? »

La mère ne sait trop. Le père :

« Ce sont tes affaires. »

Est-ce qu'il parle du caban, ou du fait d'être homosexuel ? Bruno n'ose pas demander, il a bien trop peur que cela ne soit perçu comme un trait d'humour. Car en réalité, il ne cache pas seulement qu'il est gay, il dissimule aussi, depuis si longtemps, à quel point il est drôle, décalé, capable d'outrance.

La mère, elle scrute les épaules de son mari, elle a toujours eu peur d'une violence chez les hommes, alors même qu'elle ne l'a jamais connue. Elle a tort de trembler : le père, à cette heure, est vaincu par la franchise de son fils. Il est vaincu par la vérité. Il est vaincu par son intuition qui était la bonne.

«Ta vie privée ne nous regarde pas, Bruno. Je trouve insensé que tu nous imposes ton intimité. Est-ce que nous t'imposons la nôtre, avec ta maman? Non. Alors fais ce que tu veux de tes nuits mais ce n'est pas la peine de prendre un clairon pour annoncer tes préférences secrètes.

— Mais papa...

— Nous n'avons pas à le savoir. Clermont n'a pas à le savoir. »

Bruno demanda si une autre bouteille de champagne me tenterait. Je dis que non. Je n'avais bu qu'un verre, et lui la bouteille entière, en somme.

Il avait les yeux tendres, soudain :

«Je suis obligé d'être drastique dans le travail, tu comprends?

— Tu parles de toutes les fois où tu es tranchant?

— J'ai de qui tenir. J'ai eu ce père abominable.

— Est-ce que la mode a été un refuge?

— Non.

— Ah bon?

— Un refuge, ça supposerait que je m'y cache. La mode a plutôt été un tremplin. Et pour mon homosexualité, aussi. J'ai pu être qui je voulais, ici. Enfin, à part être un chic type... Je suis obligé de terroriser les gens.

— Mais puisque vous achetez toutes ces pages de publicité dans les magazines de mode, et qu'elles exercent déjà une pression phénoménale, pourquoi avoir besoin, en plus, de terroriser les gens ? Tout le monde a compris qu'il fallait parler de vous, et qu'il fallait le faire souvent, beaucoup. Que c'était le deal.

— Je sais pas. Peut-être qu'on se sent coupable d'acheter les gens.

— Quand on se sent coupable, on est très gentil, au contraire.

— Pas si on se sent vraiment très coupable. »

J'en venais à l'aimer.

« Et pourquoi tu te confies à moi ?

— Parce que tu ne resteras pas.

— Pardon ?

— Tu n'es pas assez douée, si ça se trouve. En tout cas, tu ne l'es pas pour le mensonge.

— Qu'en sais-tu ? Je sais qu'on est forcé de dire du bien de vêtements parfois pas terribles... j'ai accepté ça. Il y a des choses que je trouve laides, mais je me dis que des gens les trouvent belles et les achètent.

— Tu vois, là ça se voit que tu mens.

— Mais...

— Tu n'es pas à ta place, je te le garantis. Comment tu disais, déjà, "adoration des beaux habits" ?

— Oui.

— C'est pour ça que t'es foutue. »

Il hélait le serveur.

« Bon, on se termine avec deux cafés, non ? »

Avec, il nous commanda quoi ? Des fraises des bois.

« Ils les font au kir, c'est très bon, tu vas voir. »

J'osai :

« Et toi, Bruno, tu resteras ? »

Il fixa le sol.

« Faudra bien, gémit-il. Parce que Clermont-Ferrand, c'est râpé.

— Tu y es retourné ?

— Une fois. Et si on prenait juste une coupe ? Une dernière.

— C'était quand ?

— Il y a sept ans. Tu vois, je venais de passer trois ans à Paris, au début, j'étais comme un fou, je découvrais l'anonymat, et même je m'habillais avec des outrances dont t'as pas idée. J'avais un costume de velours jaune d'or. C'étaient des années dingues. Et puis, petit à petit, j'ai moins eu besoin de me déguiser. Je me faisais draguer même quand j'étais juste avec un veston et un jean. Ça m'a rassuré. J'ai arrêté de m'épiler les sourcils, par exemple. Alors forcément, à un moment, en me regardant dans le miroir, j'ai cru que je ressemblais à quelqu'un qui pouvait retourner à Clermont-Ferrand. J'avais envie de leur dire que j'avais un bon travail à la capitale. J'ai pris le train, avec mon blaser, ma chemise bleue, ma cravate, mes Weston, mon jean foncé, mes sourcils comme jadis et mes cheveux,

Sophie, je te jure que c'étaient ceux d'un assureur. Je suis arrivé à la gare. Je suis allé à pied jusque chez mes parents. C'est mon père qui a ouvert. Et tout de suite il a dit, excédé : «Tu avais promis que ça ne se verrait pas. Tu te moques de nous?» Ils m'ont offert un cognac et le soir je suis reparti. J'ai dit que j'étais rappelé en urgence. J'avais besoin de retrouver la mode. Une famille d'accueil, ça compte aussi, tu crois pas?»

Anahide et le prétendant
1950

Méliné :

« Prenez donc un biscuit, Agop.

— Bien volontiers, Méliné.

— Est-ce que les choses se passent bien, au journal ?

— Merveilleusement. »

Il a vingt-sept ans, il travaille pour le quotidien arménien *Haratch*. Sa présence dans le salon de la rue d'Alésia illustre les contradictions de Méliné. La liberté de la maisonnée pourrait être totale. Mais en bonne Arménienne, elle a le réflexe de souhaiter le mariage pour ses filles.

« Anahide, sais-tu qu'Agop a fait des études de littérature ? À la Sorbonne, n'est-ce pas, Agop ?

— Oui... oh mais ça duré vraiment très peu de temps. Vous savez comment c'était : on a tous voulu s'offrir une vraie jeunesse après la guerre, c'était trop triste de gagner sa vie sur-le-champ. Avant d'entrer au journal, j'ai voulu m'amuser. Ce qui est

179

idiot, car je m'amuse beaucoup plus aujourd'hui au journal. »

Anahide sourit au jeune homme, mais c'est une distance supplémentaire. Le pauvre garçon, assis devant elle, se presse de lui tendre une tasse. Il lui demande, la bouche pleine d'une salive douce-reuse :

« Aimez-vous le travail dans une galerie d'art ?

— Oui.

— Permettez-moi de souligner combien ce travail vous réussit, car vous êtes, vous-même, fascinante comme une œuvre d'art. On a dû beaucoup vous le dire.

— Oui. »

Que ses prévenances tombent à plat, il s'en rend vite compte. Pas une fois il ne croise le regard de la fameusement belle progéniture d'Irant et Méliné.

Celui qu'Anahide aime, c'est Waïk, le dieu blond, l'ingénieur de barrage qui va de par le monde. Même lui, Agop, a eu vent de cela, n'est-il pas journaliste ? Jusqu'à Los Angeles, où Waïk travaille en ce moment, la communauté arménienne a eu connaissance de cet amour unilatéral. La commu-nauté sait aussi que Waïk vient d'en épouser une autre, c'est ce qui donne d'ailleurs de l'espoir au jeune prétendant en ce jour. Est-ce qu'Anahide saurait se montrer réaliste ?

« J'apprécie Beethoven, dit-il.

— Quelle coïncidence !» se permet Knar, assise en tailleur un peu en retrait.

Elle est foudroyée par un regard de sa sœur.

«Quand j'écoute Beethoven, je me sens meilleur », dit le pauvre prétendant.

Et Anahide :

«Je m'en réjouis. »

Il ose :

«Aimeriez-vous aller au concert, un de ces soirs ?

— Je ne sors pas le soir. »

Un chagrin d'amour l'a hissée sur un trône. De là, elle règne sur sa solitude, vaste contrée. Elle est vraiment princesse Anahita. Méliné propose des gâteaux, des sablés au beurre si fondants qu'à peine posés sur la langue ils se répandent dans la bouche. Bientôt, pour le prétendant, ce plaisir supplante celui d'admirer le profil d'Anahide. Lui plaît-elle vraiment, cette inatteignable ? L'ossature est parfaite, mais lisse et dure. On dirait le profil d'une femme qu'on aurait déjà vu sur une pièce de monnaie, et s'il pense à cela, c'est aussi à cause d'un son métallique produit par l'aura d'Anahide Drezian. On lui a vanté son style, elle en a un. Est-ce un bien ? Est-elle attirante, au fond, cette femme ? On dirait une religieuse catholique. Bien sûr, Agop saurait quoi faire, y compris avec une nonne, si on la lui laissait un certain temps, et du temps il en aura, une fois marié. Sauf que celle-ci n'est pas à défroquer, semble-t-il. Avec l'instinct du journaliste, il sent qu'il ne pourra venir à bout des chaussures de daim plates d'Anahide, de cette chemise étrange (elle en a décousu le col), de cette jupe aux plis impeccables, sans doute imperturbables, de cette corde de marin nouée à sa taille, impossible. Ce raffinement est une ceinture de chasteté, ça lui saute aux yeux.

Il se tourne vers Knar. Celle-ci est déjà plus abordable.

« Toi, tu es Knar?

— Non, moi c'est Jacqueline.

— Mais pourtant je croyais...

— On est deux. On vient à deux. »

En la regardant mieux, il lui trouverait une suffisance d'affranchie. Voilà qui le refroidit aussi. Qu'est-ce qu'il fait là?

« Il va falloir que j'y aille », dit-il.

La princesse dans le palais

On fêtait l'anniversaire de Damian dans le château de sa famille aux Pays-Bas. De son vivant, Méliné n'aurait oser prononcer le mot « château » sans frémir mais Damian, lui, parlait d'une bâtisse encombrante près d'Amsterdam. Douves à sec bourrées d'herbes et infestées de lapins. Dix pièces habitables sur cent vingt. Le chic inouï de son dédain ne faisait que renforcer chez moi l'envie de voir cette propriété.

Il m'avait dit :

« Bon, j'ai invité tout le monde. »

Il savait que les gens feraient le voyage, rien que pour découvrir à quoi ressemblait vraiment un certain univers. Si la mode est ce qui se démode, ainsi que Coco Chanel est supposée l'avoir dit un jour, on venait contempler le reste : des siècles de distinction.

À l'aéroport, la petite faune de la « fashion », comme elle s'auto-nommait, était reconnaissable à son indiscipline. Mes camarades ingurgitaient des fioles de vodka. Une fois à bord, ils chantèrent en boucle «Ring my Bell» pendant la moitié du vol, en pointant des doigts vers le plafond de la carlingue, jusqu'à ce que le pilote en personne fasse une annonce officielle au micro, à propos de passagers qui désiraient dormir. L'annonce acheva de réveiller ceux qui, par miracle, étaient parvenus à trouver le sommeil.

Mon voisin me murmura :

«C'est tout un groupe ?

— Ce sont des gens de la mode», je répondis.

Il hocha la tête. Tout s'expliquait. Bien sûr, la «mode» était intenable, exaspérante. Elle avait un charme fou. Même si je n'avais rien bu, moi, je me sentis fière d'appartenir à la famille des étourneaux.

Quelques heures et quelques remontants plus tard, enfin arrivés dans le jardin séculaire de Damian, mes camarades culminaient. Ils pointaient du doigt le donjon du château, hilares. Leurs mégots constellaient la pelouse, alors qu'ils n'étaient là que depuis une heure. Ils dansaient les bras en l'air autour des bassins, là où Damian avait jadis fait ses premiers pas. Ils se dandinaient sans la moindre musique, le DJ n'avait pas encore eu le temps d'en mettre. La dernière fois qu'on l'avait aperçu, il disparaissait derrière un bosquet avec un jardinier de la propriété : «Un fumeur de tulipe de première», d'après Damian.

184

La princesse dans le palais

Depuis le perron de son palais, la mère de Damian nous regardait. Ce qu'Ingeborg pensait de cette faune amenée par son fils, on le devinait à sa pâleur. Sa vie durant, cette femme avait fomenté des soirées mémorables, mais sans doute que ça avait été «autre chose», voilà pourquoi, à cet instant, Ingeborg se tenait les coudes au flanc, le dégoût aux lèvres, les épaules remontées, les avant-bras en suspens dans le vide, prête à se rétracter sans perdre une seconde. L'étrangeté de sa tête trop droite, à peine accrochée au reste du corps, une dent qu'un dernier nerf rattache à vous.

D'un côté, elle m'effrayait, de l'autre elle m'attirait pour ce qu'elle était : une princesse. Je pensais que si j'arrivais à la photographier, j'aurais là un moyen d'épater Anahide. Hélas, dès que je levais mon téléphone, Ingeborg, pourtant *a priori* indifférente à ma présence, tournait vers moi ses yeux inertes, cela dissuadait d'aller plus avant. Sa froideur formait une barrière autour d'elle.

Qu'importe, je la contemplais. Je commençais à saisir combien sa tunique était nacrée, combien ses manches étaient kimono, combien fluide le pantalon gris perle, combien jaune d'or ses chaussons de gondolier. Je discernais la semelle de ces espadrilles vénitiennes, taillée dans des pneus usagés. La perfection de sa désinvolture. Le mal que d'autres s'étaient donné pour s'embellir, pour se hisser, paraissait dérisoire. Selon Damian, personne n'avait jamais vraiment manqué de respect à Ingeborg et, toujours selon lui, la constante mauvaise humeur de sa mère venait de là.

« On ne l'a pas follement rincée dans la vie, la pauvre », il avait coutume de blaguer.

Dès qu'une personne de cette foutraque assistance venait la saluer, elle tardait à tendre sa main.

« C'est si gentil à vous de nous accueillir, Ingeborg », disaient-ils tous, tentant de camoufler leur ébriété.

Là, c'était Bruno qui allait vers elle.

« C'est vraiment un plaisir », entonnait-il.

Elle l'évaluait, outrée.

Il tourna les talons, elle leva les yeux au ciel, ils se confondirent une seconde dans l'immatérialité du vide.

Dieu sait pourquoi elle avait accepté cette invasion de sa demeure, sans doute parce qu'elle ne pouvait rien refuser à Damian. Le voici qui lui apportait un verre, il lui souriait, lui, comme on le fait parfois, sans espoir et tendrement. En repartant, il passa près de moi.

« Tu as pu parler à la mamma ?

— Pas trop.

— Viens, je te présente, si tu veux. »

Et déjà il m'emmenait. Oh comme il la franchissait aisément, lui, la barrière. C'était sa mère, il n'avait pas le choix.

«Maman, il faut que tu connaisses mon amie Sophie.

— Mon chéri, c'est exécrable, ce que tu m'as donné à boire.

— Tu n'y as pas goûté, allons.

— Je le vois à la couleur.

— C'est juste jaune.

— C'est ignoble.

— Mon amie Sophie n'est pas ignoble.

— Je peux l'être! rétorquai-je gaiement.»

Ainsi me vit-elle, en fait.

Damian aurait pu à cet instant m'épouser, rien que pour avoir osé braver la froideur de sa mère.

«Tu vois, je t'avais dit, Ingie! Sophie est sensas!»

Il lui disait ce mot désuet, pour la rejoindre dans une insouciance d'autrefois, quand elle était jeune et déraisonnable, elle aussi.

Elle nous considéra un instant tous les deux en même temps, vaguement intéressée. Damian m'avait dit qu'elle n'était plus sensible ni au froid ni au chaud, et que seule une certaine violence dans les propos parvenait encore, parfois, à l'interpeller.

«Sophie est écrivain, enchaîna Damian.

— On ne peut écrire sur rien, dit-elle.

— C'est ce que je fais», rétorquai-je.

Elle me vit une seconde fois. Découvrit mon absurdité. Peut-être allait-elle m'aimer?

Non, elle retournait scruter le jaune dans son verre.

«Reprends ça, Damian.»

Le verre passa de la main de la mère à la main du fils, il le but d'un coup.

«By the way, est-ce que tu t'ennuies fortement, maman?

— Pourquoi tu demandes?

— Parce que c'est mon anniversaire. J'ai envie que ma mère se distraie, qu'elle boive et soit drôle.

— Se distraire?

— Je plaisante, bien sûr. Tu pourrais te contenter de boire.

— Où est mon verre?»

Il brandit le verre vide :

«Trop tard!

— Tu es ignoble.»

Il était heureux. C'est de cette façon qu'elle le caressait, par le fouet. Aussi la raison pour laquelle il aimait les situations extrêmes, les bars où personne ne va sans trembler, les mots interdits.

Comblé, il avait fini d'égayer sa mère. Il s'élança vers des amis, me laissant seule sur le perron.

Avec elle.

Il y avait nous et les autres. De quel bord étais-je? De mon groupe, de ces destins hétéroclites des gens de la mode, et donc en somme de là-bas, de Brousse, éduquée, méditerranéenne, née de l'exil et du don de soi, ou bien d'ici, de l'immuable ordre des choses, de l'ennui des nantis, fusionnant avec une princesse? Ô Seigneur, c'était tentant aussi d'être Ingeborg, ne serait-ce qu'un instant...

Bien sûr je devinais une ignominie chez cette femme, un mépris pour les autres, une amertume que le milieu social, les beaux atours, le formidable maintien, n'avaient pu tempérer, voire, avaient aidé à fabriquer.

Pourtant, durant quelques minutes, sur ce perron du château, je fus elle. Moi aussi, comme Ingeborg, je constatais devant moi, apocalyptique spectacle, la subtilité de jadis dévastée par l'érotisme moderne. Moi aussi je considérais avec dégoût les endimanchés pathétiques, les pique-assiettes. Moi aussi, j'étais une princesse, le cynisme au bord des dents, devant la vulgarité de l'avenir.

«Je vous comprends un petit peu», dis-je.

Ce à quoi, elle répondit par une moue dubitative, jetant un coup d'œil à ma salopette en crêpe de laine Jil Sander.

Directrice de la mode ou pas directrice de la mode, il me fallait rester chez les étourneaux. Les siècles de distinction, eux, ne m'acceptaient pas. Méliné avait eu ses limites. J'avais les miennes.

Knar enceinte
1952

Knar feuillette un journal arménien dans la salle d'attente du docteur Onigian : elle n'y comprend rien. Elle n'est pas heureuse. Elle est amoureuse d'un Catalan, il l'a quittée pour épouser une autre Jacqueline, en plus. Comme si elle n'en était pas vraiment une, elle, comme si ça se voyait que son prénom était un emprunt fait à la France. Par dépit, elle a pris un amant, un Yougoslave de la Cité universitaire. Un blond qui dit : «Jakline». C'est exotique. Elle ne l'aime pas. C'est pour ça qu'elle n'est pas heureuse, si on va chercher par là.

Le docteur Onigian, il ouvre la porte, il se rappelle que c'est Knar, il est joyeux : comme beaucoup d'Arméniens de la communauté, il adore la famille Drezian. Ce sont des originaux qui vous délivrent de votre pathos d'apatride. Lui-même, le docteur Onigian, ne parvient à s'extirper de rien : il est médecin comme ses parents l'étaient à Smyrne. Il aime bien prescrire de la pâte d'abricot. C'est plein de vitamines. Tous les journaux de sa salle d'attente sont arméniens.

« Comment vas-tu, Knar ?

— J'ai envie de vomir du matin au soir.

— On va voir ça. »

C'est tout vu, elle est enceinte. De plusieurs mois, selon le docteur Onigian.

Elle éclate en sanglots.

« Tu es amoureuse de quelqu'un ?

— Oui...

— Alors tu vas aller voir cet homme, et tu vas lui dire que tu attends un enfant de lui. Il faut qu'il prenne ses responsabilités.

— Je ne peux pas.

— Pourquoi ? Si tu veux, je le fais, moi...

— On ne peut pas.

— Mais, pourquoi ? »

Elle est vraiment française, puisqu'elle dit :

« Je ne suis pas certaine que ce soit lui, le père. »

Alors là, évidemment, le docteur Onigian rend sa blouse.

Les après-midi, elle pose sa tête sur les genoux de Méliné. Que fait donc passer Méliné à sa fille en lui caressant les cheveux... par capillarité, pour ainsi dire ? Le « Sois neuve » d'Irant, celui-là ce n'est plus la peine de le transmettre à Knar, elle excelle en nouveauté, un peu trop, dirait-on. On est en 1952, elle va être mère célibataire. « Nous voulions être français, nous le sommes», a réglé Irant quand on lui a annoncé la nouvelle. Va, il aime trop le bois pour penser à autre chose. Il devient fou de réalisations. Sa tolérance est sans limite, tant qu'on ne touche pas à son destin d'ébéniste.

En lissant les beaux cheveux mielleux de sa fille (Knar se les décolore à l'eau oxygénée), Méliné murmure :

«Il ne t'a pas plu, monsieur Kevork?»

Encore un prétendant qu'on a voulu tester.

«Maman, tu l'as regardé?»

Que peut objecter Méliné? Monsieur Kevork est chauve et il a cinquante-cinq ans. La seule chose à porter à son crédit, c'est qu'il est assez fou pour vouloir d'une fille comme Knar, dans cet état.

«Je ne peux pas, maman.

— Tu as raison, ma fille.»

Le ventre de Knar est devenu énorme, d'un coup. Elle n'a plus mal au cœur. Elle se sent bien. Tant pis si elle est enceinte. La voici différente des autres femmes, avec un souvenir, quand bien même elle passe ses nuits à se demander de qui est l'enfant, à qui il ressemblera à la naissance. À l'homme dont elle était amoureuse, ou à celui qui l'a consolée?

Ses amies françaises, des dégourdies, sont coiffées au poteau. Elles ont fait de Jacqueline leur héroïne. Elle n'a jamais eu autant d'amies.

Anahide ne veut plus parler à Knar. Elle a rangé le buste de Beethoven dans un placard. Aux abris. Que ce grand esprit en endure le moins possible.

Elena trouve des merveilles : des chaussons de nourrisson bicolores, bleu et rose :

« Il va pas être beau notre fils de tsar ? elle dit à Knar.

— On ne sait pas si ce sera un garçon. Et les pères auxquels je pense n'étaient pas des tsars, s'oblige à préciser la fille mère.

— Aie un peu d'imagination. »

Irant attend l'enfant en lui sculptant des poèmes : les figurines de bois rare s'alignent sur l'étagère au-dessus du lit de Knar. Il y a trois petits chevaux, et un baigneur porte-bonheur dans lequel personne jamais ne pourra planter d'aiguilles maléfiques : il est en palissandre, un des bois les plus durs.

L'enfant naît. C'est un garçon. Knar voudrait l'appeler Marc. Qu'au moins la France soit donnée d'emblée à celui qui n'a pas la moindre goutte de sang français. Elle dit :

« Je vais l'appeler : Ara, Marc. »

Elle n'ose aller plus loin.

« Très bien », répond son père.

C'est lui qui va déclarer l'enfant à la mairie.

« Marc, Ara », il annonce à l'employé de l'état civil.

Il sait qu'il faut agir ainsi, dans ce sens, qu'une identité se sculpte à partir de ces audaces.

Quand Knar voit la fiche d'état civil, elle pleure de gratitude. Dans un coin de la chambre, Anahide, *a priori* révulsée par la déchéance de Jacqueline, s'émeut de voir Knar pleurer. Anahide a ostentiblement ignoré cette grossesse. Ne disait plus «je m'en réjouis» en présence de sa sœur. Voulait apposer des panneaux de contreplaqué autour du berceau avant de se voir refuser le bois par son père. Pour ces raisons, peut-être, plus encore que les autres elle tombe en amour pour le petit être emmailloté, dont les doigts microscopiques, si vulnérables, cherchent dans le vide le piano de Beethoven.

Elena comprend que c'est le moment. Alors elle dit :

«Anahide, il va falloir qu'on lui fasse des brassières, à ce petit bonhomme, non?

— Et une parure de lit, aussi...» ajoute Anahide.

Les deux sœurs ne se regardent pas encore, mais la couture et l'amour les ont de nouveau réunies.

La boutique de Seiko

Je sortais d'un déjeuner avec une fille de mon équipe. Une styliste. Elle avait déblatéré sur Flèche, qu'elle jugeait favorisée au journal. C'était faux, bien entendu. L'insécurité de ces filles de la mode frisait la folie. Elle parvint néanmoins à m'émouvoir, ou me culpabiliser, et je lui proposai de décaler d'autres séries de mode pour en caser une qu'elle aurait plaisir à faire, qui lui tiendrait à cœur. Elle avait une idée, justement.

«Je voudrais faire quelque chose autour de *Blow up*.

— Le film d'Antonioni?

— Euh, oui. Le film avec les filles sixties.

— C'est fou que ce film ait pu comme ça traverser les années.

— Un truc sixties, c'est ça que je voudrais faire.

— Et tu voudrais raconter quoi, comme histoire?

— On pourrait appeler la série "Blow up".

— Oui, mais ça raconterait quoi?

— Je ne comprends pas ta question. C'est des filles sixties. Avec des cuissardes. Y a plein de cuissardes cette saison. »

Ça me donnait des idées.

« On pourrait refaire la partie de tennis ! En photos. Sur dix pages. »

Et elle :

« De quoi tu me parles ?

— La partie de tennis de *Blow up*. Tu sais, à la fin...

— Euh, j'ai pas vu le film.

— Quoi ?

— J'ai vu une série Blow up dans *Purple*. C'était mortel.

— Et tu voudrais refaire la même chose ? C'est pas un peu *limite* ?

— Ben ouais. Attends, c'est pas à eux, *Blow up*. Ça leur appartient pas. »

J'avais quitté ce rendez-vous peu fière de moi. Je venais de confier dix pages de mode à une fille sans imagination. Ce n'était pas demain la veille que j'allais révolutionner la mode, à ce train-là.

J'avais besoin de flâner, de me changer les idées. J'entrais par hasard dans une boutique du Palais-Royal, attirée par la sobriété d'un large pantalon, en vitrine.

« C'est le "Katharine" », me dit la vendeuse.

Elle était japonaise. Si discrète que son intervention ne sonnait pas comme une intrusion. Au contraire, cela me fit prêter attention à elle.

« Il est très beau, j'admis.

— C'est à cause de l'actrice Katharine Hepburn », m'expliqua-t-elle, dans le français guttural, doulou-reux, des Japonais.

Je lui racontai que, quelques mois auparavant, de passage à Los Angeles, je m'étais rendue au nouvel-lement ouvert musée du costume de cinéma de la Warner, et que j'avais vu en vrai les pantalons de Katharine Hepburn. J'avais été étonnée par leur matière, une serge de laine très épaisse.

Quand Seiko comprit que nous aimions la même chose, son visage s'illumina d'une douceur inédite.

Les vêtements sont un lien sûr entre les gens.

À travers le rideau de la cabine d'essayage, où j'essayais le pantalon, je lui demandai si sa boutique était japonaise.

Elle répondit que oui. Elle en était la gérante. Une marque très connue au Japon.

J'essayai le pantalon. Je sortis de la cabine en disant gaiement :

« Je le prends ! »

La joie enfantine d'acheter des choses.

Sa manière d'empaqueter était typiquement japo-naise. Elle glissa de microscopiques galets odorants dans les poches du pantalon, utilisa des lambeaux de chemises de nuit anciennes en guise de ficelle, elle caressait le paquet entre chaque action.

Elle avait l'adoration des beaux habits, elle aussi. Ça lui filait de l'âme aux doigts.

La boutique avait été créée à Tokyo par des amoureux de l'Europe. Ils écumaient la France, l'Angleterre, retrouvant des fabriques de marinières, de cabans, de sacs à dos, et ils passaient de nouvelles commandes, pour des séries limitées, en demandant des modifications : un duffle-coat, ils le faisaient tailler plus cintré.

Je connaissais un peu ces histoires. Les Japonais avaient racheté les premières machines à tisser la toile denim. Ils étaient les seuls au monde à pouvoir reproduire, via ces outils sans prix, les anciennes toiles si résistantes, au grain irrégulier, qui semblaient du jute.

Pendant que nous parlions, les SMS les plus funestes surgissaient dans mon téléphone, en provenance de Levallois. Je les laissai où ils étaient.

« Comment vous appelez-vous ?

— Seiko.

— Seiko, je vous offre un café. Ça vous dit ?

— Maintenant ?

— Si on le fait pas là, on le fera jamais. »

En 1984, Seiko a dix-huit ans. Elle vit à côté de Tokyo. Elle lit Nathalie Sarraute. Au-dessus de son lit, des photos de Marguerite Duras. Elle est fascinée par la France, elle apprend un style. Sait porter

198

un col roulé blanc. Sait se couvrir de tant de bagues. Sait quels bords côtes pour quel gilet.

Un jour, elle va voir sa mère et lui dit :

«Je voudrais étudier la mode.

— Je croyais que c'était la littérature française? répond la mère, que cette première vocation, déjà, effraie.

— C'est pareil.»

La mère voudrait que sa fille se marie. Elle ne peut retenir cette remarque :

«Tu vas compliquer les choses.

— Et si, par exemple, je trouvais un emploi de vendeuse dans une boutique?

— Étudier la mode, ce n'est pas être vendeuse.

— Maman... la littérature ne va pas me faire vivre.

— C'est un mari qui te fera vivre.»

Elle cherche un emploi, elle trouve. Dès la première semaine, elle se fait des amis. Des gens obsédés par la France, comme elle.

Par un concours de circonstances, les Japonais se mettent à compter dans la mode. Issey Miyake, Rey Kawakubo, Yohji Yamamoto, Junko Shimada défilent à Paris. Ces stylistes sont en train de prouver que le vêtement n'a pas à souligner les lignes du corps féminin. Le pays fétichiste de l'érotisme invente une poésie asexuée, irrésistible.

Les amis de Seiko décident de parler français entre eux. Pour se tenir prêts, au cas où ils iraient en France, un jour. L'un d'eux a un manuel. Un autre possède quelques rudiments, on ne sait d'où. Ils se lancent avec le peu qu'ils possèdent. Chaque jour, ils essaient d'apprendre un mot.

Ils ne songent pas une seconde à faire l'amour les uns avec les autres. Il y a tellement mieux. Il y a la mode et la France.

Seiko me demande ce que je fais dans la vie.
Je dis :
«Je travaille à *Elle.* »
Me demande ce que j'y fais.
«Eh bien... un peu de tout. »
Je n'aurai pas réussi longtemps à le dire, que je dirige quelque chose.

Le mariage de Knar
1957

Il y en a du monde dans la mairie du quatorzième arrondissement de Paris. Les Arméniens sont venus voir une des leurs épouser un Français, et les Français sont venus soutenir Paul, l'original de la famille qui, pour femme, s'est choisi une fille mère. Il est allé jusqu'à reconnaître l'enfant. Paul Fontanel est un fou à contempler. Il fait salle comble.

Paul est d'une grandeur et d'une minceur insolites, n'importe quoi lui va, en ce jour le pantalon trop large, bleu nuit, qu'il a promis d'offrir à Elena, après. Il nage dans son costume, il nage dans le bonheur.

Jacqueline n'a pas voulu mettre de robe de mariée. Elle est en tailleur blanc, nid d'abeille, un petit foulard sur la tête. Elle aussi, comme Méliné, trouve qu'il y a des limites. Le tailleur, c'est sa mère qui l'a fait. Le foulard, c'est Paul qui le lui a offert. Hermès. Elle a roulotté des foulards un temps pour cette marque. Elena avait eu le filon : un Polonais qui dessinait des oiseaux pour Hermès. Il avait dit « Qui sait coudre de la soie autour de toi, Elena ? »

Jacqueline et Paul sont beaux parce qu'ils ne ressemblent à personne.

Le récemment dénommé Marc Fontanel a cinq ans. Il court un petit drapeau à la main dans l'allée centrale de cette salle de mairie, sur le parquet où le moindre pas résonne. Il le fait parce que c'est interdit : on ne doit pas courir avec un bâton. Il le fait parce qu'il est nerveux, il connaît à peine l'homme que sa mère va épouser. Il le fait parce que, on le lui a expliqué : « épouser » signifie quelque chose le concernant. Il le fait parce que les regards sur lui le gênent, alors autant que ce soit pour quelque chose. Et enfin, il le fait parce que sa mère va lui ordonner d'arrêter.

« Marc ! Viens ici ! »

Elle crie son nom, comme prévu. Il se précipite entre l'homme et elle. Jacqueline enfonce ses doigts dans les cheveux blonds de Marc. Il se rend sage pour ne pas être chassé. La large main de Paul vient sur son petit dos, ce n'est pas désagréable. Marc ne sait quoi en penser, sinon que le mieux est de ne pas bouger.

« Est-ce que c'est mon mariage à moi aussi ? il demande à sa mère.

— Oui, répond Knar, c'est le nôtre.

— Ah ben ça promet ! blague Paul. »

Il est radieux, il se marie.

Le mariage de Knar

«Est-ce que je peux retirer mon veston, maintenant? s'enquiert Marc.

— Pas encore, mon chéri.»

Elle a fabriqué ce costume de milord pour son
enfant dieu.

«Je voudrais bien retirer mon veston.

— Qu'il le retire donc, le pauvre», intervient
Paul.

Maintenant Marc veut garder le veston, il tentait
juste de jauger ses pouvoirs, de voir s'il en avait
encore.

«Comme tu veux, mon chéri.»

Dans une rangée, quelqu'un essaie de ramener
l'enfant vers l'assistance. Knar se penche vers son
fils :

«Tu restes ici avec nous. Avec ton papa et ta
maman.»

Il lève les yeux vers le papa en question. Il ne sait
pas s'il l'aime. Peut-être.

Knar non plus ne sait pas si elle aime Paul. Elle
l'a rencontré au Sélect, via des amis communs. Il
est français, solaire, noceur et joyeux. Il porte des
bagues, et des chemises aussi bleues que ses yeux,
toujours retroussées sur ses bras perpétuellement
bronzés.

Au Sélect, il a dit :

«Vous connaissez Elvis Presley?

— Non.»

203

Il lui a montré une photo, tirée d'une revue américaine :

« Il va changer le monde. »

Sur la photo, Elvis a beau être en costume, ça ne fait pas comme pour le commun des mortels. Il se tient, voûté et narquois, pris dans aucune convention, et puis : les bagues. Il est neuf comme Greta Garbo a pu l'être.

Knar a compris en quelques heures que Paul venait la sauver des prétendants arméniens, d'une maison familiale où elle aurait pu demeurer sa vie durant. Elle n'en pouvait plus de promener son enfant au parc Montsouris. Si ça avait continué ainsi, elle aurait lu Verlaine devant le buste de Beethoven, comme sa sœur.

Paul est représentant de commerce. Après quelques semaines, il prévient qu'il voyage beaucoup et que ce sera pure aubaine de l'épouser, il vend l'idée (il sait vendre) que le mariage, avec lui, sera un palais de la rigolade, de l'émancipation.

Il vient d'une famille de grands bourgeois, il est le seul déclassé de la lignée Fontanel puisqu'il a refusé la voie dentaire (ils sont tous dentistes, trésoriers de l'École dentaire, présidents de la Fédération des dentistes de France, tous des dents fantastiques). Dès l'adolescence, il a prévenu qu'il refuserait de s'enquiquiner dans la bouche des gens. Il préférait être bien habillé, déambuler sur le boulevard Bonne-Nouvelle. Quand il a fallu travailler, il était stupéfait. Même la guerre, qu'il a passée dans une ferme en Allemagne, il l'a préférée à la morosité de la vie active.

Il vit pour que l'existence ressemble à quelque chose.

La première chose qu'il a remarquée chez Jacqueline, c'est ce don pour se donner une allure. Soufflé d'apprendre qu'une femme avec un tel style avait été infichue de trouver aussi le génie de ne pas tomber enceinte. L'enfant, bah, ça lui a plu. Il ne connaît rien aux Arméniens, si ce n'est que ces malheureux n'ont vraiment pas eu de chance, gentils comme ils sont, de se faire haïr à ce point en Turquie. Il ne connaît pas davantage les Turcs, d'ailleurs. Ce sont peut-être des gens qui haïssent facilement.

Et les voici sortant de la mairie, ils en jettent plus que n'importe qui. Les regards convergent vers ce couple quasi royal, avec cet enfant de chœur, qui maintenant sourit, pris dans une ambiance et qui regarde, conquis, les bagues aux mains de ce papa.

La boutique Balmain

On ne savait même pas pourquoi on était venues. Ines connaissait le directeur, qui avait un certain âge. Elle avait dû le croiser dans un cocktail, il avait dû dire «Passez donc un jour à la boutique», elle avait dû répondre «Avec joie», ils avaient dû opiner sachant qu'on en resterait là. Et puis c'était arrivé quand même.

Un jour, après le déjeuner, Ines avait suggéré, avec cette malice au front qu'elle avait toujours pour m'épargner Levallois :

«Et si on allait chez Balmain?

— T'es dingue?»

Balmain, récemment encore fade marque, avait soudain le vent en poupe, grâce à un jeune styliste fou des années quatre-vingt, des boules de boîte de nuit, celles ornées de miroirs à facettes, des strass, du disco, d'une infinité de détails voyants, par ailleurs assez beaux, qui avaient fait à la marque l'effet d'un rail de cocaïne : fin de la léthargie.

Le style de Balmain ne nous correspondait en rien, ni à Ines, ni à moi.

On blaguait en entrant dans la boutique. Les deux vendeuses ayant reconnu Ines de la Fressange, Ines avait repris à regret ses bonnes manières. Par en dessous, elle me dardait de coups de coude dans les côtes.

Sur un portant, elle avait attrapé un pantalon rose Malabar, délavé de cette façon bien définie appelée « tie and dye », pattes d'éléphant, lacé sur la braguette. Elle me le brandissait, elle savait que j'allais comprendre.

« Un Lothars ! »

Enfants, elle et moi avions passé nos vacances à Saint-Tropez. Ines y était même née.

Lothars, sur le port à Saint-Tropez, vendait ce type de pantalons délavés, dans des couleurs de bonbons, que gosses, nous rêvions d'avoir.

Il fallait évidemment qu'Ines essaie le pantalon, il y allait de nos futurs souvenirs.

Pendant qu'elle s'habillait, je cherchais la robe la plus onéreuse, la plus strassée, la plus opposée à ma nature, pour amuser mon amie. Et je venais de la trouver quand Ines sortit de la cabine, parée, hilarante : le pantalon était trop petit, le laçage de la braguette laissait apparaître sa petite tenue.

À cet instant, un homme s'avança à sa rencontre, les bras tendus, et Ines rabattit son tee-shirt sur la braguette en question. C'était le patron, alerté par ses vendeuses. Un grand monsieur classique, qu'on aurait plutôt imaginé dans un ministère.

Elle me le présenta :

« Connaissez-vous mon amie Sophie, qui s'occupe de la mode à *Elle* ?

— Mais bien sûr ! » s'exclama-t-il.

Et, se tournant aussitôt vers Ines :

« Ines, ce pantalon vous va à ravir ! » s'exclama-t-il.

Ines était partagée entre l'envie de dire la vérité, à savoir qu'elle ne pouvait fermer le pantalon, et le désir de ne pas jeter le doute sur l'expertise esthétique du grand monsieur directeur. Elle n'eut pas trop le temps de réagir, déjà cet homme attrapait dans le dos d'Ines l'étiquette du pantalon, l'arrachant d'un geste expert, et s'écriait :

« Permettez-moi de vous l'offrir ! »

Pendant un quart de seconde, Ines ne sut quoi répondre. Cette infime suspension du temps plongea le directeur de chez Balmain dans une affreuse angoisse, il comprenait qu'une miette de silence, de la part d'Ines si polissée et affable, n'était pas normale.

C'est alors qu'il prêta attention à moi, je tenais toujours la robe hors de prix, la plus chère de la boutique, lourde de strass et d'empiècements de cuir or.

Fort bien éduqué, l'homme analysa ainsi la situation : à l'évidence, il était inconvenant d'offrir

quelque chose à Ines et pas à moi. Ines vit qu'il
pensait ça, je vis qu'il pensait ça, les vendeuses
virent qu'ils pensaient ça, sauf qu'il était trop tard
pour choisir une robe moins onéreuse. Je ne pus
qu'entrer dans une cabine et essayer le produit le
plus cher de la boutique, et en ressortir avec, aux
yeux de tous.

J'étais ridicule dans cette robe faite pour recevoir
un oscar récompensant l'ensemble d'une carrière à
Hollywood, déjà que je portais des Clarks. Ines
contenait à grand-peine son hilarité, à me voir ainsi
dans une robe pavée de faux diamants. Elle ne pouvait trop rire, moitié par politesse, moitié parce que
ça aurait fait craquer son pantalon.

Le directeur de Balmain ouvrit les bras, puis posa
les deux mains vers son cœur comme on le fait à
Pompéi devant une fresque sublime, par exemple.
Il n'avait jamais rien vu de plus splendide que cette
robe portée par moi. Il cria :

«Permettez-moi de vous l'offrir!»

Je pensais au prix de la robe, à la potacherie qui
m'avait amenée à la choisir, je dis :

«C'est vraiment hors de question, monsieur.»

Il ouvrit de nouveau les bras :

«Et on peut savoir pourquoi? Alors que cette
robe vous va à ravir.

— C'est que... euh, c'est trop.

— Vous trouvez que la robe ne vous va pas?

— Disons que...

— Cette robe est faite pour vous. »

Il avait ce désir de se montrer adorable. Il était peut-être amoureux d'Ines depuis la nuit des temps.

« Vous doutez du fait que cette robe soit faite pour vous ?

— C'est que... »

Il se tourna vers sa vendeuse :

« Marie-Jeanne, je vous le demande. Répondez sans mentir : est-ce que cette robe n'est pas faite pour Sylvie de *Vogue* ?

— Elle lui va à ravir, monsieur. »

Il tenait sa victoire, se tourna vers moi :

« Allons, allons, n'allez-vous pas nous faire confiance, à la fin ? »

Fallait-il dire à cet homme qu'il avait mal compris ? Dire donc à cet homme qu'il comprenait les choses de travers, peut-être depuis l'enfance ? Un peu en retrait, Ines posait un doigt sur ses lèvres, chut, il fallait prendre la robe, et être « Sylvie de *Vogue* ».

La robe, on me proposa de la garder sur moi. La boutique entière semblait d'accord que j'avais là une seconde peau, pratique à vivre au quotidien.

On sortit de la boutique, Ines et moi, elle dans son pantalon qui ne fermait pas, moi dans ma robe de bal, avec mes Clarks. Outre le burlesque insensé de ce qui venait de se produire, cela me gênait d'être passée pour quelqu'un de *Vogue*. Ce *Vogue*, il fallait le mériter. La petite-fille de Méliné ne pouvait usurper le titre suprême. Si elle devait l'avoir un jour, ce devait être par une action noble, par l'exquise cohérence de son être. J'avais le sentiment de mentir à Méliné, au *Tesoro* et à la France.

Sophie à Saint-Tropez
1972

Avec un coupon de tissu vichy jaune d'or, elles m'ont confectionné un petit short et un caraco. Il restait du tissu, elles m'en ont fait un bob. Je me sens grandiose. En revanche, je préfère la plage aux promenades sur le port. Et cette tenue a beau être très légère, en longeant le café Sénéquier sur le port de Saint-Tropez, je me plains de la chaleur. Je voudrais aller me baigner comme tous les enfants.

Elles, elles veulent entrer chez Mic Mac, une boutique fameuse. Faire des courses est leur passion, ne serait-ce que pour « regarder ».

Une fois chez Mic Mac, je boude un peu moins, je trouve un petit maillot de bain de coton, il est rouge avec de grosses fleurs blanches. C'est tenu par des petites cordelettes blanc et orange. C'est hawaïen, a dit la vendeuse. Elle me permet d'essayer ce maillot sur celui que j'ai déjà. Je m'agrippe au bras de ma mère tandis que j'enfile une jambe puis l'autre dans la culotte du maillot. La vendeuse me le tient.

Il apparaît que ce maillot de bain est fait pour moi.

Anahide annonce qu'elle me l'offre. Je l'aime. La vendeuse dit que ma tenue de vichy est exquise. Je l'aime.

« Ça te plaît le vichy ? elle demande, étendant son bras vers un rayonnage vichy auquel je n'avais pas prêté attention, jusqu'à présent.

— Oui, je dis, époustouflée.

— Et tu... »

Elle s'arrête de parler, de même que chaque personne dans la boutique :

« Bonjour ! » chantonne une femme, qui vient d'entrer.

Personne, à part la vendeuse, n'ose lui répondre.

La femme est venue chez Mic Mac emprunter des espadrilles (même pas les acheter !), on l'entend en parler puisque, nous, on est là, sur place. La femme est pieds nus, il y a ses pieds parfaits et elle, si belle. Elle a une culotte de maillot de bain, en vichy bleu ciel et blanc, une blouse blanche, des sandales en paille. Elle est immaculée et dorée en même temps. Elle se tient très droite, comme si c'était une bonne méthode pour s'amuser dans la vie. Sa présence est totale, ornementale et gaie. Elle a un style radicalement différent de ce à quoi je suis habituée, les grands pantalons d'Elena, les lainages de ma grand-mère, la sobriété d'Anahide, les jupes évasées de ma mère. Elle a des cheveux longs mis

n'importe comment. Je la dévore des yeux. Elle a
noué la blouse sur le devant, ça lui fait une grosse
molette à hauteur du ventre. Me traverse l'esprit
que, si ça se trouve, les cheveux de cette femme
poussent quand on lui appuie sur la mollette.

Un attroupement s'est formé devant la boutique.

La femme hésite à sortir. Pour se donner une
contenance, elle en vient à fixer quelques secondes
mon ensemble en vichy. Un sourire satisfait lui
monte aux lèvres.

Je balance une jambe dans le vide, une tong me
glisse du pied.

Sans plus me regarder, la femme s'élance au
dehors en haussant les épaules. Personne n'ose lui
parler, ni l'arrêter. Elle s'élance au volant d'une
voiture décapotable, garée juste devant, démarre et
se volatilise.

« C'est Brigitte Bardot », me murmure Elena.

Je ne sais pas qui est Brigitte Bardot. Mais sa présence m'a emplie de bonheur, et je dis :

« C'est le plus beau jour de ma vie. »

Quelques minutes plus tard on s'assoit au Gorille,
un café du port. C'est moins cher que chez
Sénéquier, juste en face, donc plus pratique pour
les barquettes de frites que je réclame en continu.

Je ne songe plus à aller me baigner. Au Gorille,
les tables et les chaises sont peintes à la peinture de
bateau, elles sont bosselées mais laquées, d'un vert

foncé, plaisant. Moi je suis jaune dedans, avec mes petits bras noirs de bronzage, magnifiée par mon vichy. Ce serait plus joli sans doute sur les chaises de chez Sénéquier, rouge vermillon. Ce n'est pas trop grave, car ce matin le monde est illuminé de modernité. Je voudrais le dire.

Je m'écrie :

« Elle était en vichy comme moi ! »

Elena m'explique que si je suis en vichy, moi, c'est grâce à cette jeune femme. C'est elle qui a imposé ce coton frais en France, qui a fait tailler des pantalons et des bustiers dedans. D'ailleurs, Elena me désigne, sur le port, d'autres femmes en vichy. Soudain, je les vois, moi aussi. Et une jouissante cohérence vient répondre à la beauté de cette journée.

« Comment c'est possible ? !

— C'est la mode », m'éclaire Elena.

Je voudrais clamer que, quoi que soit la mode, quoi que ce mot veuille dire, c'est fantastique. Je m'écrie plutôt :

« On la reverra, Brigitte Bardot ?

— Si on a de la chance. »

Alors je suis sûre que c'est oui : nous, on a tellement de chance. Par exemple, ma grand-mère a pu prendre un bateau pour venir en France.

« C'est qui, au fait, Brigitte Bardot ? »

Je voudrais dire son nom sans arrêt.

«C'est une immense star, Sophie. Elle est considérée comme la plus belle femme du monde. »

Et moi :

«Oh oui !

— Elena, tu ne peux pas nier qu'elle fait de très mauvais films... »

Ça, c'est Anahide. Je lui jetterais un regard noir si elle ne m'avait pas offert le maillot de bain hawaïen.

«Moi je trouve qu'elle fait du bien à la France. »

Ça, c'est ma mère.

«Une femme qui se montre nue ? Du bien à la France ? »

Et moi :

«Elle n'est pas nue, elle a inventé le vichy. »

La chute du model

Les défilés à New York.

Il était dix-huit heures. Le show avait commencé et c'est elle qui l'ouvrait. Le premier passage, comme on dit. Elle était perchée sur des talons hauts, inhumains. Cela n'avait rien d'étonnant, pourtant j'en fis la remarque à une collègue d'un journal concurrent, assise à côté de moi :

« Comment elle fait pour marcher avec ça ?

— C'est son métier », me répondit-elle sur un ton ennuyé qui montrait que ma question était celle d'une débutante. On était en droit de se demander par quel miracle j'étais devenue directrice de la mode dans un prestigieux magazine.

Sur le podium, pendant ce temps, tout allait très vite. Après une cinquantaine de mètres, la jeune fille, qui semblait une guirlande sur ses talons impressionnants, commença de tituber depuis ses hauteurs. Elle ne trébucha pas, ne buta dans rien, oscilla juste de droite à gauche sans cesser d'avancer.

On aurait pu croire qu'elle le faisait exprès, comme ces adolescents, de son âge, qui font des figures avec leur vélo, leur trottinette, leur skate. Pour finir elle tangua, elle ouvrit les bras, tel un funambule cherchant l'équilibre, et déjà les bras se levaient trop, déjà le visage se décomposait.

La jeune fille s'écrasa sur le sol, le buste en avant, elle se protégea comme elle le pouvait, elle tomba sur ses coudes, empêchant que ce ne soit sur la tête. C'était l'effondrement de la beauté devant quatre cents personnes.

Pas un bras ne s'était tendu. Même pas le mien.

La jeune fille était encore par terre que le model suivant la doubla, en faisant un léger écart mais sans un regard, parce que c'est le protocole des shows.

La jeune fille se releva vite, même si ça avait semblé une éternité, comparé à la cadence du show. Elle avait le visage tordu par la douleur, derrière la mascarade de son maquillage.

Alors elle fit cette chose incroyable : avec une moue hargneuse, elle arracha de son pied la chaussure coupable, dont le talon devait bien dépasser les quinze centimètres, et l'envoya, de rage, en plein milieu du podium, à vingt mètres devant elle.

Puis elle fit cette chose encore plus incroyable : elle reprit sa marche, en claudiquant, un pied à plat, nu, l'autre affreusement en hauteur. Le grotesque de sa démarche mettait la salle mal à l'aise, on n'était pas venu voir cette infirmité. Elle, elle persévérait. Le feu de l'indignation, bien plus que celui de la honte, lui sortait des narines. Elle était constamment doublée par les autres models, qui devaient aussi contourner la chaussure sur le sol : elle ne pouvait avancer bien vite avec ce déséquilibre, en plus elle prenait son temps, elle avait décidé qu'elle les emmerdait tous.

Quand elle disparut backstage au bout du podium, on avait peur pour elle. Qu'est-ce qu'on allait lui dire ?

On sut après, par la bande, qu'elle avait seize ans. C'était son premier défilé. Venait du Kazakhstan, ville de Ekaterinbourg, nom qu'on arriva à prononcer car on voulait à tout prix se raconter l'histoire. Elle avait appris à marcher en deux heures, ça se passait bien, et elle savait prendre la morgue adéquate. Qui aurait pu imaginer qu'au moindre faux pas, elle se donnerait ainsi en spectacle, pousserait cette morgue jusqu'à défier le monde, le métier de model ? La cheville et un coude cassés.

Je pensai pendant des jours à l'aberration de ces talons. De ces marches presque forcées sur le podium. Les chevaux auxquels on affecte un handicap, dans une course, c'est en fonction de leur poids, et pour que chaque bête ait ses chances. Mais là, la pauvre gosse. À quoi ça rimait de les percher si haut, ces filles ? La directrice de la mode aurait eu beaucoup à en dire.

Elle se tut, pourtant.

L'amour d'Anahide
1974

C'est un dimanche. Depuis le matin, l'ambiance est des plus étranges. Ma mère s'affaire en cuisine alors que, d'habitude, elle accomplit ses prodiges culinaires avec désinvolture. Mon père aide à ranger, à mettre la table, va jusqu'à passer un coup de cire sur les meubles. Mon frère est gêné quand je demande ce qui se passe.

« Non, non, tout est est normal, sœurette. »

Avant de partir vers la cuisine, en pouffant de rire.

J'en suis à me demander s'ils ne me mijoteraient pas un anniversaire surprise. Et puis ça en serait vraiment une, de surprise, puisqu'on est six mois avant la date.

Vers midi, ma tante Anahide arrive. Ma mère lui saute au cou, comme si Anahide n'était pas quelqu'un de sévère.

« Ma sœur !

— Ma sœur ! »

Je me tourne vers mon père, ahurie. Eh bien je ne le trouve nullement surpris. Au contraire, ses grands bras affables tout ouverts, il se jette sur Anahide.

« Ma belle-sœur !

— Mon beau-frère ! »

Et très vite, Anahide, affalée sur le canapé, glousse, au lieu de me demander si je lis les poètes arméniens. Elle croque des cacahuètes, ça produit un bruit guilleret. Un écho spécial fait résonner son palais aujourd'hui. Elle dit oui au petit verre de pastis proposé par mon père. Elle qui ne boit jamais.

Ma tante est très en beauté. Ses cheveux courts rejetés en arrière. Elle est coiffée comme Deborah Kerr dans *La Nuit de l'iguane*, de John Huston, elle me l'a dit dix fois. Elle m'a emmenée voir le film à la Cinémathèque. Elle porte une chemise en madras à carreaux pastels, rose, vert, bleu, jaune. Une jupe rose buvard que je connais, en grosse toile, surpiquée d'un épais fil écru. Et des tennis vert amande. Beauté absolue de ces couleurs arrangées ensemble.

À cette femme si raffinée, mon père raconte une blague potache : un lord anglais qui entreprend d'expliquer la sexualité à son jeune fils. Il lui dit : « Tu te souviens de ce que nous avons fait hier avec la petite bonne ? Eh bien imagine-toi que les animaux font exactement la même chose ! » Exactement la gamme de thèmes susceptibles d'irriter au plus haut point ma tante Anahide. Si le buste de

Beethoven a depuis longtemps disparu de la circu-
lation, vendu par mon frère à une kermesse des
scouts de notre quartier, ma tante est demeurée
aux yeux de tous, à cinquante ans, la statue de la
vertu.

Eh bien non, elle trouve l'anecdote désopilante.

«Tu es tordant, Paul.»

Je ne sais pas si je voudrais que tout soit comme
avant ou si j'aime ce climat détendu.

Je dis :

«Ta chemise est sublime, Anahide.

— Je te remercie, ma chérie.

— Elle vient d'où?

— Je l'ai rapportée de Cochabamba.

— C'est quoi, Cochabamba?

— C'est une boîte de nuit!» plaisante mon frère.

Et ma tante de rire.

Qu'est-ce qu'ils ont tous, à être aussi légers?

«Non, c'est en Bolivie», rectifie ma tante.

Anahide en Bolivie, je n'étais même pas au courant. Comment a-t-on pu me cacher un voyage aussi
lointain?

«Tu es dans une forme éblouissante, Anahide»,
fait remarquer ma mère.

C'est vrai qu'elle l'est. En revanche, d'où vient que
ma mère, d'habitude ourlée de défiance à l'égard de
sa sœur, en soit à la complimenter? On sonne à la
porte.

«Ça doit être lui.»

L'amour d'Anahide

Ma mère va ouvrir.

Sur le canapé, Anahide me tire la langue.

On se lève pour dire bonjour au nouvel arrivé. Il est d'une beauté stupéfiante. On dirait Herbert von Karajan. Il pourrait jouer dans *La Nuit de l'iguane*. Les yeux lavande, les cheveux blancs, l'aura instruite et internationale, j'en ai tant vu, de ces Arméniens érudits, leur côté anglais de Cambridge, je les reconnais au premier coup d'œil.

On m'annonce :

« C'est Waïk. Il va épouser Anahide. »

Même moi, je le sais. Qui est Waïk, je veux dire. Le chagrin de ma tante quand il en a épousé une autre, cela fait partie de la légende familiale. C'est lui le dieu pour qui elle, la femme la plus belle de la famille, a évincé les prétendants. Lui l'homme rencontré quand elle avait vingt ans. L'amour impossible auquel on a bien raison de ne jamais rêver. L'Arménie blonde. L'Arménie bleue. Son père s'appelait Rouben Pacha, c'était un grand potentat de la résistance aux Turcs en 1915. Ils ont vécu à Alexandrie, dans les années cinquante, et c'est de là qu'il a l'air de venir, la chemise bleu lavande et le costume écru, ce dernier fabriqué en Égypte, j'en suis certaine.

Il me dit :

« Alors, c'est toi, Sophie...

— Oui.

— Alors il paraît que tu dessines ?

— Oui.

— Et que tu écris ?

— Oui.

— Qu'est-ce que tu préfères, écrire ou dessiner ? »

J'aime bien qu'il s'intéresse à moi.

« Pour le moment, le dessin, parce que ça traverse les pays, c'est plus commode. Mais si un jour je parle anglais, alors je préférerai l'écriture. »

Il pose sur mon front son sublime regard :

« Es-tu bonne élève ?

— Ah mais, c'est que j'excelle. »

Formidable mensonge.

« Quand tu auras ton baccalauréat, il faudra que tu viennes effectuer un stage aux Nations unies, à New York. C'est là que j'habite et que je travaille. »

Le caractère hospitalier de cet homme me rappelle qu'il n'est sans doute pas en position de refuser quoi que ce soit à notre famille : Anahide l'a attendu vingt-cinq ans, elle lui a sacrifié sa jeunesse. Je dis :

« Et on pourrait pas aller plutôt à Cochabamba ?

— On en vient. Qu'est-ce qui t'attire à Cochabamba, jeune fille ?

— Je voudrais m'acheter la chemise d'Anahide. »

Seiko et la France

Quand j'arrivai, Seiko était en train de justifier le prix d'une veste en velours, couleur indigo, à une cliente.

« C'est un peu scandaleux », disait la cliente.

Seiko admettait que c'était cher, mille trois cents euros.

« En plus, elle est chiffonnée, plaidait la femme. Un tel prix est injustifiable. Ce n'est qu'une veste en velours. »

Seiko expliqua : il fallait vingt-quatre bains d'indigo pour aboutir à ce bleu phosphorescent. Si on teignait la veste en une seule fois, on obtenait un indigo à la densité de plomb, charbonné, sans aucune transparence.

« Il faut un mois pour donner naissance à une veste, dit-elle, pour finir.

— Et cette teinture fixée par vos bains de lavage, demanda la femme, pouvez-vous m'assurer qu'elle va rester ? Si je lave la veste, moi, ça ne va pas disparaître? Cette vaste prise de tête, ça n'aura pas été pour rien?

— Ça va disparaître, avoua Seiko. C'est ça qui est beau. »

La femme leva le menton :

« Moi aussi, je disparais, figurez-vous. »

Et elle sortit.

Bien des choses passaient dans les yeux de Seiko, l'atroce nécessité de se contenir, l'irritabilité inexprimable du commerçant devant l'omnipotence du client. J'en vis encore davantage, une tristesse sans égale qui me bouleversa, une mélancolie qui ne pouvait faire songer qu'à la solitude.

« Je n'en peux plus, Sophie, des Français. Je crois que je préférais la France quand je la rêvais. »

À Tokyo, c'est là que Seiko avait été la plus heureuse. Elle travaillait dans cette boutique de mode, dans le quartier de Shibuya. Elle apprenait le français. Elle allait voir des films à l'Alliance française.

Les gens de l'Alliance française, du moins ceux que Seiko avait approchés, parlaient japonais. Ils étaient japonisants, dopés à la kimonomania, cette maladie d'être japonais qui prend le visiteur, à un moment donné. Ils attendaient l'heure du déjeuner rien que pour s'asseoir en tailleur. Ils rencontraient le Japon alors que Seiko aurait voulu rencontrer la France. Quand Seiko posait une question en français, ils répondaient en japonais, tout fiers.

Le peu de français qu'elle put pratiquer, je l'ai dit, ce fut avec ses amis japonais, des vendeurs comme elle.

Une fois, deux clientes françaises étaient entrées dans la boutique. Seiko leur souriait par les yeux comme à des saintes. Elle n'avait rien osé leur dire en français, bien sûr. Elle n'avait rien osé dire du tout. Elle s'était contentée de leur adresser un signe d'allégeance chaque fois qu'elles demandaient à voir un modèle.

Ensuite, elle leur avait emballé les choses à la japonaise. Elle s'était encore plus appliquée : à la méticulosité naturelle du Japon, elle avait ajouté l'amour de la France.

À la fin, elle avait tendu le paquet aux deux clientes, celles-ci avaient dit :

« Merci beaucoup. »

Seiko n'avait pu s'empêcher d'adresser un sourire étouffé et complice à ses collègues.

La totalité des vendeurs accompagna les deux Françaises à la sortie de la boutique. Seiko songea à les suivre dans les rues, pour voir où elles allaient, si elles entraient dans une autre boutique, au cas où elles auraient eu besoin d'aide. C'est toujours agréable, dans un pays étranger, le soutien d'une personne serviable. Et bilingue. Seiko renonça à son idée. Risquer d'être impolie la terrorisait. Elle retourna plutôt avec les vendeurs, inscrire avec eux, dans le calepin qu'ils gardaient sous la caisse, la nouvelle expression du jour : « Merci beaucoup. »

« On commence à bien se débrouiller », elle avait dit.

À son arrivée en France, aéroport de Roissy-Charles-de-Gaulle, elle monta dans son premier taxi, donc parla à son premier Français en France, elle dut répéter trois fois l'adresse de son hôtel, vivre la honte de plutôt montrer, écrit, sur une feuille dactylographiée, l'endroit où elle devait se rendre. Même son « merci beaucoup », à la fin de la course, n'eut aucun succès.

Un autre cliente venait d'entrer. C'était une vieille connaissance, une créatrice de bijoux, elle me reconnut aussitôt :

« Comment va madame la directrice de la mode ?! »

On se tomba dans les bras.

« T'es pas au boulot, à cette heure-ci ?

— Je fais l'école buissonnière.

— Ils t'emmerdent ? »

Je ne voulais pas dire trop de mal de mon équipe.

« Parfois, je m'emmerde toute seule.

— Aaaahahahah !

— Et toi, comment ça va ?

— Bien. Faut que tu passes au show room voir ma collec'.

— Dès que j'ai un moment.

— Quand on fait l'école buissonnière, c'est qu'on a un moment. Je sors une gamme avec des émaux. Tu veux pas me faire une belle page dans *Elle* ? »

Elle le demandait comme ça.

« Je verrai ce que je peux faire. »

Et elle :

« Tu es directrice de la mode ou tu n'es pas directrice de la mode ? »

Après qu'elle fut partie, Seiko se tourna vers moi :

« Tu es directrice de la mode ? À *Elle* ?

Seiko, comme Méliné, était venue de loin pour approcher ce Graal appelé mode.

— Pas vraiment, Seiko. »

La boutique Dior
1976

Nous sortons du métro à la station Alma-Marceau, c'est un 24 août, plein été, jour de mes quatorze ans. La terrasse de café, sur la place, est noire de monde. Le kiosque à journaux, sur la place, monumental. La mode de la rentrée est dans les magazines. On pourrait acheter « la presse », comme disent mes parents, ce serait un début de cadeau d'anniversaire, ma grand-mère est bonne cliente, elle adore les illustrés. J'ai cette image d'elle s'humectant le bout d'un doigt pour tourner les pages.

« On prend le *Vogue*? je demande.

— C'est pas le propos », me répond-elle.

Elle insère des expressions toutes faites, au milieu de son français approximatif.

Elle a beau être âgée, au point d'avoir une canne, elle fuse vers l'avenue Montaigne :

« Tu vas voir... »

À chaque anniversaire, elle me fait un cadeau selon son cœur. Un jonc en or qu'elle décroche de son bras. Un foulard bien connu qu'elle s'en va soutirer d'une commode. Dans ma famille, c'est comme ça qu'on fait les cadeaux, on offre ce qu'on possède. Seule la chemise d'Anahide demeure indécrochable. J'ai encore supplié, quelques jours auparavant, qu'elle me l'offre. Quatorze ans est un âge important. Notamment je vais avoir une mobylette. Anahide n'a rien voulu entendre. C'est son madras et ce sont ses couleurs. C'est sa chemise. En fabrique-t-on encore à Cochabamba ?

Méliné m'a prévenue : elle m'emmène chez Dior. Ça ne représente pas grand-chose, pour moi. Je préfèrerais aller au club vingt ans des Galeries Lafayette.

J'ai du mal à la suivre. Elle me devance, sa canne part vers l'arrière, tantôt me vient dans les jambes tel un sabre, tantôt se balance et on dirait la queue d'un grand chien joyeux, intenable, elle me fouette la hanche.

Arrivée devant la boutique, elle doit reprendre son souffle. Bien malin qui pourrait deviner si c'est d'avoir fourni un effort physique ou à l'idée d'entrer dans une boutique de luxe.

« Tu vas voir... elle répète, une main sur mon épaule... ça va s'ouvrir. »

En effet, un monsieur ouvre la porte. Bien entendu, nous le saluons. J'ai adopté, en observant les membres de ma famille, ce hochement de tête qui nous tient lieu de révérence. Notre politesse est sans limite. Mon grand-père, à son arrivée en France, il lui a fallu des mois pour comprendre qu'il n'avait pas à dire «bonjour», dans le métro, en montant dans le compartiment. S'il a renoncé à cette habitude, c'est à regret : il aimait montrer qu'il pouvait, quand c'était nécessaire, parler français.

Une fois dans la boutique, ma grand-mère reste dans le passage, le front levé au plafond. Elle se comporte identiquement dans les cathédrales, elle l'orthodoxe. Les vendeuses nous remarquent. Dois-je en être embarrassée?

J'essaie de penser plutôt à mon cadeau. Qu'est-ce que ça peut bien être, de chez Dior?

Au rez-de-chaussée, il y a la lingerie. Elle est monogrammée, rose layette, même moi qui n'y connais rien, je la trouve magnifique, je comprends qu'elle peut métamorphoser quelqu'un. Elle me la met dans les mains. Est-ce que c'est ça le cadeau? Est-ce sur moi que cette pièce de soie, si légère qu'on l'a nommée «Insouciance», va venir vivre?

Non, ma grand-mère me la retire des doigts en murmurant à la vendeuse un doux «merci». Et ainsi de suite, de modèle en modèle.

«Est-ce que vous désirez quelque chose en particulier?» finit par demander la vendeuse, dont la patience a des limites.

Ma grand-mère :

«Non. On admire.»

Les beaux doigts noueux, couverts de bagues, me serrent l'avant-bras. J'ai un peu honte. Je voudrais qu'on achète mon cadeau et qu'on en finisse.

« On embête la vendeuse », je chuchote.

Elle, un murmure :

« Non, c'est le contraire : sans nous, vendeuse s'embêter. »

On ne partira pas de sitôt.

J'observe autour de moi pour me donner une contenance. Nous ne sommes pas seules au monde, il y a les autres clientes, les vraies, les légitimes. Et soudain, je le vois, que les nantis c'est une galaxie immense. À chaque seconde, il me semble que la boutique est plus remplie. Comme elles sont belles, ces femmes. Si féminines, et leurs chignons me fascinent, leurs jupes caramel, l'une a des ongles chamois, l'autre un rouge à lèvres orange, épais, on dirait de la chaux, comment fait-elle pour embrasser les hommes ? Je suis tenaillée par la puberté, ces derniers temps.

Ma grand-mère propose qu'on monte à l'étage.

Et moi :

« Ah bon ? »

Est-ce que mon cadeau est là-haut ?

« Tu vas voir... »

Je lui tiens plus que le bras, le coude entier, pour la hisser de marche en marche. Elle a quelques kilos en trop, elle cuisine, elle est arménienne. Ce n'est pas comme ma mère, l'affranchie. Ce n'est pas princesse Anahita. Ce n'est pas comme Elena de Saint-Petersbourg. J'aime ma grand-mère à hauteur de cet embonpoint. Elle est Méliné du *Tesoro*.

Là-haut, un nirvana : un endroit rempli de robes et tailleurs. Le message de ces salles est limpide : il semble impossible de ne pas trouver ici son bonheur. C'est ça la promesse du luxe.

Je veux examiner chaque robe, à présent. Ma grand-mère me rappelle comment s'y prendre :

« Tu touches avec les yeux. »

Elle m'autorise à caresser les tissus sans forcer, avec le dos de la main.

Quelque chose se passe. Je quitte ma puberté pour entrer dans une autre dimension. Et je le fais là dans la boutique Dior, avenue Montaigne. Comme par magie, chaque robe pendue à un cintre, il y a moi, femme, à l'intérieur. Je mûris rien qu'à me transporter en imagination dans les tailleurs. C'est cela que les hommes retirent. Le rapport entre l'élégance et la sexualité, je le comprends ce jour-là avenue Montaigne. J'entends un grand appel des sens.

« Mon Dieu, ce que c'est chouette !

— C'est merveille, Sophie. C'est belles choses vraiment.

— C'est ça qui te faisait tant rêver, sur *Le Tesoro* ?

— Oui. »

Elle n'en dit pas plus. Ses yeux brillent. Ils sont passés d'acajou à ambre, avec les années. Ils sont l'or qu'elle n'a jamais gagné.

«Pourquoi tu ne m'as pas emmenée plutôt chez Chanel?

— Parce que ici culottes. C'est bonne raison pour entrer.»

Une culotte lui fait moins peur qu'un tailleur. Est-elle déjà entrée chez Chanel? Je n'ose pas demander.

«On va acheter une culotte?

— Oh ça non.»

Depuis un petit moment, une vendeuse nous emboîte le pas. Ce n'est pas celle qui s'impatientait à l'étage lingerie mais enfin elles ont dû se parler, elles ont les mêmes sourcils froncés. Celle-ci frémit quand on avance la main vers un cintre.

Ma grand-mère se tourne vers elle. Elle lâche sa canne, que je dois retenir. Sa main se pose sur le bras de la vendeuse :

«Mon petit, vous n'avoir rien à craindre...

— Mais...

— Nous, grand soin de tout.

— Bien sûr, madame, et mon intention n'était pas de...

— Nous, rien abîmer.

— N'allez pas croire que...

— Parce que nous, dans notre famille, on a adoration des beaux habits.»

Nous sortons de chez Dior comme nous y sommes entrées, sauf que non, entretemps j'ai appris qu'on peut aller partout, y compris dans la féminité.

C'était ça, le cadeau.

Dans le métro, elle n'y peut résister, de son grand sac elle sort un paquet Christian Dior.

« C'est culotte. Joyeux anniversaire quatorze ans ! »

Les trois Chinois de Venise

Debout sur le ponton, les trois Chinois eux aussi trouvaient le temps long. On nous avait transportés par bateau à quarante minutes de Venise, sur une île aménagée pour l'occasion en lieu de défilé. Nous avions bu des cocktails, regardé le show, bu à nouveau des cocktails, maintenant il était minuit, on voulait rentrer. Or, cette fête n'avait pas été conçue pour être désertée si vite : aucun des bateaux qui nous avaient déposés ici ne se montrait vers l'embarcadère. On était coincés là.

Sur le ponton plongé dans la pénombre, moi et ces trois Chinois, trois hommes, examinions l'eau à nos pieds, comme si un sous-marin allait sortir de là, nous exfiltrer et nous ramener à l'hôtel.

Or, rien ne venait. Il était une heure du matin.

Je connaissais bien Venise. Je proposai à mes compagnons d'appeler un taxi, et qu'on se partage le prix de la course. Évidemment, ils étaient d'accord. Ce projet d'évasion acheva de nous lier.

237

Eux me contemplaient, conquis, puisque j'étais leur sauveur, et que je parlais anglais, et que je parlais tout court. Moi, les détaillant, je remarquai la délicatesse de leurs mises. Rien de trop dans leur allure. Rien de ce qu'on croit savoir sur le goût chinois, quand nous nous prenons, en Europe, à juger les autres. Pas de gomina dans leurs cheveux, pas de coiffures déshonorantes, pas de sigles sur leurs sacs, pas de chaussures agressives. Ils étaient, à la vérité, d'un chic impressionnant. L'un portant un pull de shetland noir, ajusté, parfait. Je rêvais d'avoir le même et savais combien ils sont difficiles à trouver.

Je demandai leur prénom. Ils se présentèrent en ricanant.

« Ru. *Esquire.*

— Manchu. *Vogue.*

— Shun. *GQ.*

— Et moi, c'est Sophie. *Elle.* »

J'oubliai instantanément leur prénom. Mais maintenant, nous nous connaissions.

Le plus vieux d'entre eux avait vingt-six ans. Ils venaient de Shanghaï.

« C'est pas la porte à côté ! je plaisantais.

— On vient tous les mois en Europe », dit Ru, que j'avais identifié comme le plus affable. Il avait les cheveux longs, la délicatesse de traits d'une fille.

Manchu, dans un sourire insolent, provocateur, ajouta :

238

«Le monde est assez petit, seule la Chine est grande.»

Il le disait avec humour, mais il le disait.

«Comment êtes-vous entrés dans la mode?»

Tous les trois, à l'adolescence, avaient rêvé de se distinguer. Ils étaient nés dans des familles aisées, mais peu raffinées, et où ce mot même de raffinement, selon eux, était inconnu.

Et moi :

«Je pensais qu'il y avait un art du raffinement en Chine.»

Ru se remit une mèche derrière l'oreille et hocha la tête :

«Oui. D'une certaine manière. Il y a une forme de raffinement qui subsiste : une sophistication de la douleur, qui a mené notre pays à un culte des humiliations publiques. C'est très élaboré. On est très forts pour ça. Ce n'est pas léger. Et puis ça n'intéresse pas notre génération. Ce que nous voudrions retrouver, c'est le raffinement perdu, qui était immense, et que la révolution culturelle a éradiqué. Par exemple, on avait une culture de la dentelle, autrefois. Ils ont brûlé en place publique les anciens métiers à tisser, des machines extraordinaires que des dentellières avaient inventées pour tisser plus vite. On n'a même plus les vieilles pièces de dentelle. Elles ont été brûlées, elles aussi. Mais enfin, c'est là, ce n'est pas loin. C'est rattrapable. Vous, l'Europe, vous dites que vous savez tout faire, les dentelles de Calais, la broderie anglaise, mais tout ça existait en Chine aussi, et depuis fort longtemps. On ne peut pas laisser le reste du monde nous vendre du passé, on en a un aussi. Notre génération peut ressusciter de belles choses. Un patrimoine. Il y a eu un crime contre la culture en Chine. Vous vous demandez si la mode est un art, en Europe. Mais nous, nous savons qu'elle en est un, car elle a été une des cibles favorites de la machine politique. La révolution culturelle a éradiqué des siècles de distinction, au profit d'une uniformisation. »

Celui qui n'avait pas encore parlé osa timidement :

« Ru, bon, c'était peut-être nécessaire.

— Ce n'est même plus la question, Shun. Elle est loin, la révolution culturelle. Maintenant, c'est la révolution capitaliste. Cela fait vingt ans qu'on vend à nos parents des signes extérieurs de richesse. Et que nos parents foncent dedans. Mais tu en veux, toi, de ce luxe sans fondement ?

— Ça a peut-être un fondement pour les Occidentaux.

— Tu ne peux pas penser sérieusement ce que tu dis. Tu as vu la façon dont ils s'habillent, les Européens chic ? Ils ne portent rien de ce qu'ils nous vendent. Non, eux, ils savent le pouvoir d'un blazer bleu marine. Les chemises qu'on use jusqu'à

240

la corde et, plus elles sont usées, mieux c'est. Nos parents se sont fait avoir : le commerce du luxe les a pris pour cible. En croyant accéder au chic, ils n'ont accédé qu'à l'argent. On ne tombera pas dans ce piège. »

Ça me fascinait de les écouter parler. Ça me fascinait que la mode ait pu nous réunir. Le privilège d'être là dans leur intimité. Si on pensait au chemin parcouru par Méliné, à ses rêves et aux efforts déployés pour comprendre la France, pour rester arménienne toutefois, sans rien trahir, on ne pouvait qu'être époustouflé par l'élan de ces Chinois. Ils étaient des Méliné modernes.

Comme ils s'échauffaient à parler, Ru tempéra à mon intention :

« On n'en veut à personne.

— Juste, ça va changer, osa Shun, d'un ton sec. La prochaine Gabrielle Chanel, elle naîtra chez nous. On n'aura plus besoin de personne. »

Pour autant, ils avaient encore besoin de mon aide. Déjà pour parlementer avec le taxi dans lequel nous nous engouffrions bientôt. Ensuite, à l'hôtel, pour supplier le Danieli de nous improviser un repas dans le lobby désert, à deux heures trente du matin.

Le dîner terminé, Manchu me demanda :

« Pourquoi les autres journalistes ne nous parlent-ils pas ? »

Et Ru :

«Laisse-la, elle n'y peut rien. Est-ce qu'on leur parle, nous?»

Ils durent admettre que non.

J'embêtai une dernière fois le serveur du Danieli, vers quatre heures du matin, à lui demander un plan de la ville, un stylo bille. Je dessinai pour ces Chinois mon plan de Venise, je cochai les lieux à découvrir, le petit café à ne pas rater, le quai des Zattere, le bon glacier, je désignai l'endroit pour les vieilles chemises de nuit des années cinquante, en voile de coton, à plumetis, la boutique pour acheter les chaussons de gondolier, ceux-là même dont la semelle était taillée dans de vieux pneus.

Et eux :

«De vieux pneus?»

J'allai loin.

Anahide à Venise
1977

Chaque année, pendant les vacances de Pâques, Anahide me faisait quitter ma mère, mon père, mon frère, mes amis, elle-même abandonnant son appartement de New York, où elle s'était installée avec Waïk, pour m'emmener à Venise. Le tant espéré et tardif mari avait beau plaider qu'il exécrait la solitude, j'avais beau, moi, pencher pour New York, que je ne connaissais pas, elle ne voulait rien entendre.

Un crochet par Paris, elle me raflait. On prenait le train de nuit à la gare de Lyon. En entrant dans le compartiment, j'avais l'impression de faire contre mauvaise fortune bon cœur. Si au moins on avait voyagé par avion. Je parlais sans discontinuer, en installant ma couchette, de mes rêves d'Amérique, de ce que New York aurait pu m'apporter, pour remuer le couteau dans la plaie, indiquer que Venise n'était pas moderne. Elle ne donnait prise à rien. Elle était absorbée dans la lecture du journal

Le Monde. Avec le temps, le grand quotidien national avait remplacé le buste de Beethoven.

Puis, nous arrivions. Elle me réveillait à Mestre. L'amusement de voir le train flotter sur la lagune. Le bonheur dès que les marches plates de la gare se trouvaient sous nos pieds, dès que le canal guilleret (il faisait toujours beau, ce me semble) apparaissait, avec le premier pont, la foule et l'embarcadère des vaporettos.

C'était lumineux. Je ne réclamais plus New York.

L'hôtel où nous descendions s'appelait La Calcina, plein sud, sur le quai le plus gai de la ville, les fameux Zattere, larges, peu touristiques encore qu'illustres, placés devant un chenal deux fois plus vaste que le Grand Canal, donc permettant les allées et venues des cargos, devant lesquels nous rêvions des heures durant. Anahide réservait des mois à l'avance une chambre double, spacieuse. Nos deux petits lits faisaient face à la vue : quand un paquebot passait devant nos fenêtres, son architecture blanche et pimpante prenait toute la vue. Si c'était un bâtiment touristique, les gens sur le bastingage, à tour de rôle, nous adressaient des signes de la main. Et nous, en culotte et soutien-gorge (Dior, bien entendu) sur nos petits lits, on se cachait sous les draps, pas trop vite cependant.

Avant d'entamer un périple dans la ville, nous nous habillions « en fonction », c'est-à-dire qu'au mépris du vent, du fond de l'air un peu frais en avril, on mettait nos plus belles tenues, celles dont on n'avait pas arrêté de dire, à Paris : « Ça, ce sera très bien pour Venise. » Ces parures nous transformaient en héroïnes. Je quittais mes jeans, mes Clarks, j'allais en jupe, en sandales, rien de noir. J'apprenais des choses, parce que je m'habillais devant Anahide dans la chambre, et sous son contrôle. Elle m'enseignait que le rose pâle et l'orange, ça va bien ensemble. Que le jaune d'or et le mauve, pareil. Elle me faisait imaginer de ces assemblages. Ils n'étaient rien à côté de ceux qu'elle osait pour elle-même. Une fleur de géranium à la boutonnière, elle était la déesse d'un tableau dont nous avions inventé le nom : *La Sobriété dans l'audace*. Anahide savait, sans être ridicule, porter une jupe à fleurs avec sa chemise en madras, laissée ouverte sur un tee-shirt. Ses cheveux courts et argentés, bien plaqués en arrière sur les tempes, et puis une grosse mèche tombant sur son nez parfait, grec. Les petits cheveux voletant sur sa nuque. Sa simplicité étudiée me galvanisait. Je l'imitais. J'embellissais.

Un matin où nous prenions le petit déjeuner sur le quai, le dos collé au mur de l'hôtel, devant l'eau scintillante, notre attention fut attirée par un homme d'une soixantaine d'années. Il était seul, pensif, la pipe à la bouche, et considérait la lagune en se frottant le menton.

« Tu as vu comme il est total ?! » s'émerveilla ma tante.

Il l'était, du moins selon nous. La codification familiale ordonnait que la totalité humaine, si elle nous frappait, ce soit le plus souvent possible par des étoffes, par une allure. Lui, il avait remonté les manches de sa chemise, bleue, les manchettes lui flottaient au-dessus des coudes, la peau du bras apparaissait, moins bronzée que ses mains. Il portait un pantalon de toile beige, des tennis vert pâle. Une fraîcheur agréable émanait de sa personne. Quand il se mettait de profil, on voyait ses yeux translucides.

« C'est fou ce qu'il ressemble à Waïk, dis-je.

— Il est encore plus magnifique. »

On n'aurait pas cru cela possible, une chose pareille.

« Encore plus total.

— Tu m'enlèves les mots de la bouche. »

Bientôt une femme somme toute assez banale sortit de l'hôtel, la soixantaine elle aussi, et posa sa main sur l'épaule de l'homme en question. Bientôt un fils, d'une trentaine d'années, puis un autre fils, une fille, une autre fille, des petits-enfants venant par là-dessus, donnant à penser que les filles étaient sans doute des belles-filles ou les garçons des gendres. Personne dans cette progéniture, en revanche, n'égalait en aura le père unique.

Ils parlaient allemand. Quoi qu'il pût dire au

milieu des siens, l'homme continuait d'orienter son visage vers nous, un énigmatique embryon de sourire lui venait, qui semblait destiné à notre curiosité.

Ils se mirent en route.

« On va le suivre », dit Anahide.

C'était fou, on le fit, on lui emboîta le pas.

« Tu as vu son pantalon ? me chuchotait Anahide.

— C'est mastic.

— C'est blanc d'Espagne.

— Qu'est-ce que c'est que ça, "blanc d'Espagne" ?

— Avec une pointe de jaune dedans.

— C'est ivoire, alors.

— Un peu.

— Et la ceinture...

Elle était rouge vermillon.

— Une cordelette.

— Un galon.

— C'est du velours.

— Un ruban.

— Anahide, il faut qu'on se le fasse nous aussi, non ?

— C'est merveilleux parce que c'est simple mais inattendu.

— La sobriété dans l'audace. »

Tout était dit.

Quand le groupe devant nous tournait dans l'angle abrupt d'une ruelle, cas fréquent à Venise, l'homme en profitait pour montrer davantage son visage, la tempe conspiratrice.

Ils allaient au musée Guggenheim. On y entra à leur suite, nous l'avions visité la veille. On les suivit de salle en salle, jusqu'à ce que, le musée parcouru – ce qui ne prenait pas longtemps – ils s'arrêtent sur la terrasse de pierre du palais inachevé de Peggy Guggenheim pour admirer la vue sur le Grand Canal.

Maintenant, l'homme et la femme parlaient de nous. Elle lui disait quelque chose à l'oreille et, lui, il secouait la tête, moins doucereux, moins enjôleur que durant la marche à travers les ruelles. Peut-être l'avions-nous fâché, par notre insistance...

Anahide eut une idée :

« Tu vas aller leur parler.

— Hein ? Mais pour leur dire quoi, Anahide ?

— La vérité.

— Ah ça non.

— C'est toujours beau la vérité.

— Je n'irai pas.

— N'y va pas, alors. »

« Nous sommes venues vous saluer, leur dis-je, en anglais.

— C'est fort aimable de votre part », me répondit la femme, dans un français impeccable.

Avait-elle entendu et compris tout ce que nous disions ?

248

Je me lançai :

« Nous sommes dans le même hôtel que vous. Ma tante et moi, nous vous avons suivis.

— ...

— Nous vous trouvions si bien habillés.

— ...

— Principalement votre mari. »

Déjà la femme entraînait son mari vers la sortie. Il la suivait, docile. Mais, mais. Il trouva le moyen d'encore une fois se retourner, cette fois-ci pas à demi, plantant dans mes yeux son regard océanique, bleu comme sa chemise, profond comme son élégance. On aurait dit qu'il m'invitait à m'enfoncer dans un azur inexplicable.

Le dessin censuré

Nous étions à quelques jours d'un événement important dans la mode : un jeune styliste, nommé dans une maison prestigieuse, présentait sa première collection de prêt-à-porter.

Ce garçon, la mode l'aimait. Il avait su tisser des liens avec chaque journal. Ses créations colorées ensorcelaient la rue. Le service de communication de la maison de couture s'échinait à orchestrer une grande symphonie des apparences. C'était à un point tel qu'on aurait pu croire que cette maison doutait du talent de ce couturier, qu'il avait été choisi au hasard, et non parce qu'il était un petit génie, choisi après des mois d'entretiens, de tests, de recherches. C'est que le talent ici ne suffisait pas. Il fallait que l'événement soit un feu d'artifice. Que ce soit planétaire. Il fallait que, pendant quelques jours, le show éclipse les malades ou les morts. Et surtout, les concurrents.

Orchestrer une symphonie n'est pas chose facile. Surtout s'il n'y a pas vraiment de symphonie. Aussi impressionnant, novateur, inoubliable soit-il, un défilé n'est qu'un défilé. Il se trouvera toujours des millions, des milliards de gens pour s'en ficher totalement.

C'est ce que le service de communication avait tâché d'expliquer à sa direction. Ce n'était la faute de personne si un conflit s'était soudain envenimé au Proche-Orient. Si les gens n'avaient plus d'argent. Si la météo était catastrophique. On ne pourrait intéresser tout le monde. La direction avait tenu son cap : il n'y a pas de fatalité en communication, que des stratégies.

Et la stratégie avait été mise en place.

Procédant pour commencer de manière classique – en déterminant quel média ferait quoi et à quel moment, quel média serait backstage avant et après le défilé, quel média retransmettrait le show en direct, qui aurait les meilleures images et à quel moment, à qui on promettrait l'exclusivité et à qui on la donnerait vraiment –, les communicants en vinrent à demander la lune à chaque journaliste.

En tant que directrice de la mode, je ne pouvais éviter leurs requêtes. À n'importe quelle heure du jour et de la nuit, des voix crispées par le manque de sommeil m'énonçaient leurs exigences. Je disais oui à tout. Combien fois en dix jours avais-je dû les rassurer, ces voix, quant à notre adhésion totale à leur projet? Combien de propositions d'articles par jour je leur faisais, rincée? Dès que je développais une idée, les voix me demandaient un temps de réflexion, et offraient le concept à un autre journal, concurrent, avec lequel elles jugeaient plus intéressant de le mettre en œuvre.

À la fin, je n'en pouvais plus.

Je sentis la nécessité de retourner vers les berges de la Seine, vers le club d'aviron.

Il était fermé.

Sans la perfection des rameurs, les bateaux, remisés sous un auvent, n'avaient plus rien à offrir.

J'étais triste. Ça m'humiliait qu'on me dicte ce que j'avais à faire. Ces responsables de la communication me faisaient l'offense de supposer que, sans des rênes tenues bien courtes, je ne me serais pas, de moi-même, mise au service de la mode. Alors que, mon Dieu, j'aimais cet univers depuis l'enfance. Ma mère, ma grand-mère avaient aimé les tissus, les patrons, les formes. On était des étendards du prêt-à-porter, de ce que ça pouvait apporter dans la vie des gens.

J'évaluais la situation : ce n'était plus le début des emmerdements, c'étaient mes dents qui se cassaient sur le noyau du système.

Je n'étais pas triste, en fait, j'étais furieuse.

Je voulus dépasser cette colère. Valérie m'avait dit : « Si c'est pour te braquer, autant arrêter. » Sans toutefois indiquer la moindre porte de sortie.

Il n'y avait aucun moyen de fuir parce que, fuir maintenant, c'était pire que fuir, c'était nuire à mon journal.

Un bateau de plaisance passait sur le fleuve. Blanc et pimpant, il aurait relativisé n'importe quelle colère. N'avais-je pas la chance de travailler dans la mode? Aussi vite que je m'étais laissé exaspérer, je me calmai. Et il m'apparut que la meilleure manière de vivre cette pression, c'était de trouver un moyen de l'ennoblir. D'en faire de la beauté. Que ce soit une grandeur au lieu d'une force écrasante.

Je me mis à penser à la tension du designer, là-bas, dans les ateliers de cette maison de couture. Que pouvait-il bien ressentir, lui qui allait montrer à la planète les robes sorties de sa tête?

Ô comme je le voyais, cet homme, entouré à en étouffer et seul au monde, à cette heure!

Je me figurai son cœur affolé. Il me semblait visualiser sa peur de n'être rien, heurtant sa tentation d'être un génie.

Je me figurai à quoi se frottait la divinité de cet homme, la différence entre ce qu'il avait dans la tête, ses rêves, et les épingles à déplacer en urgence, dans la panique. J'étais avec lui dans le dernier effort qu'il devait fournir, colossal, absolu.

Je le voyais devenir fou.

Je vis sa terreur d'humain devant plus vaste que lui : le commerce.

Il crevait de peur.

Je rentrai en courant au journal, m'enfermai dans mon bureau, et entrepris de dessiner cette peur.

Sur mon croquis, il y eut vite un lit d'enfant, bleu ciel et blanc, brodé d'une dizaine d'écussons du nom de la marque en question : le créateur était caché dessous. À une extrémité, sortaient ses pieds, à l'autre sa tête. Je lui faisais dire, tremblottant : « J'ai plus envie ! »

Le dessin achevé, il sembla bien évoquer l'humain, la chair adorable de la mode, le seul point d'entrée qui vaille le coup, au fond. Je le pris en photo et l'envoyai à Valérie. « Merveilleux ! » me répondit-elle, par SMS. Et moi : « Je le poste ? » Et elle : « Bonne idée ! »

Je publiai donc mon croquis sur Internet.

Les *like* s'amoncelaient à toute vitesse sur le petit bonhomme caché sous le lit.

« J'ai plus envie ! »

J'étais comblée. Je m'apprêtais à tenter un second dessin quand Mado surgit dans mon bureau, le visage barbouillé d'un sentiment d'urgence.

« Que se passe-t-il ? » demandai-je, le crayon en suspens.

Avais-je raté une réunion ?

« C'est le dessin que tu as posté sur le site, me dit-elle.

— Il est bien, hein !

— Ils viennent d'appeler. C'est en train de provoquer un énorme scandale.

— Qui ça, "ils"?

— La maison de couture a appelé la responsable web, tu n'ignores pas que nous montons une énorme opération avec eux. Ils demandent à ce que le dessin soit retiré sur-le-champ.

— Attends, mais c'est stupide, Mado. Tu l'as vu, mon dessin?

— Non.

— Approche-toi, viens le voir...

Je lui tendis le parapheur sur lequel j'avais dessiné.

— D'abord tu le retires, et après je le regarde. Pardon, mais ils hurlent.

— Je vais les appeler.

— Je crois que tu n'as pas le temps.

— Appelle-les, je vais leur parler.»

Elle s'en retourna vers son poste de travail, le dos nerveux. Au bout de quelques secondes, elle me passa la responsable web. La pauvre fille suffoquait, à l'autre bout du fil :

«Tu as retiré le dessin?

— Non. Je...

— Tu le retires immédiatement. Ils menacent d'annuler l'ensemble de leur collaboration avec nous. On a une vingtaine d'accords sur cette opération. Tu m'enlèves ce dessin sur-le-champ.»

Elle me fit pitié, sa patte dans le piège. C'était une fille bienveillante, et elle devait se sentir mal, d'avoir à me tourmenter.

« Est-ce que Valérie est au courant ?

— Non.

— S'il s'agit de la censure d'un contenu éditorial, pourquoi ne demandent-ils pas à la directrice de la rédaction ?

— Sophie, je t'en supplie, sois compréhensive. Vire-moi ce putain de dessin. Ça les met hors d'eux. Tu veux nous faire tous crever ?

— OK. Je le retire. Mais c'est de la censure.

— Oh écoute, arrête. C'est rien qu'un dessin. »

Pendant que je lui parlais, j'effaçai le dessin d'Internet.

« C'est fait, c'est retiré. Quel mal il faisait, mon inoffensif croquis, tu veux me dire ?

— Je ne sais pas. Je te laisse. »

Elle raccrocha.

Mado passa la tête dans le bureau :

« Ça va ? »

Non, ça n'allait pas. Je dus courir vers les toilettes pour vomir.

Et puis vomir, moi, cela me faisait toujours pleurer.

Et je pleurais, la tête contre un mur.

« Sophie, ça va ? »

La voix de Mado de l'autre côté de la porte.

« Oui, oui, ça va. C'est juste quelque chose qui n'est pas passé.

— Tu veux que j'aille te chercher un truc à l'infirmerie ?

— Non, je t'assure. »

Elle s'éloignait, je la rappelai :

« Mado ?

Oui ?

— Le dessin...

— Oui ?

— Déchire-le. Jette-le. »

Fou comme les mensonges continuels qu'on nous demandait de proférer m'avaient été faciles, jusque-là. Mais la censure, la censure... c'était le pire qu'on puisse infliger à un journaliste.

Et si je retournais sur les berges ? Qu'est-ce qui se passerait si je tombais du parapet, ma tête heurtant une grosse pierre, assommée que je serais et mon corps emporté par le courant... loin de ces offenses. Et je pourrais laisser un mot, dire que c'était à cause d'eux. De leurs abus de pouvoir qui faisaient mourir les journaux, le désir et la mode.

Faire revenir la gaieté dans nos pages ? Mais qui donc y songerait dans un tel climat !

J'attendis durant des jours, des semaines, des mois, un mot d'explication. En vain. Il faudrait quelque temps pour apprendre ce que cette maison de couture pensait des dessins humoristiques. Ce fut quand un terrible attentat tua une équipe entière de dessinateurs à Paris, au siège du journal satirique *Charlie Hebdo*. La maison de couture en question tint alors à exprimer son attachement à l'humour, emblème de la liberté d'expression.

Le premier homme
1978

Sainte-Maxime, golfe de Saint-Tropez. Mon père m'a offert une mobylette. Elle est verte. Par elle, l'accès à une liberté vertigineuse. Je roule si vite que le tour de la grande corniche, derrière la maison, ne me prend que deux minutes. Mon genou est au ras du sol dans les tournants, moi empalée sur la selle, le casque accroché à mon bras.

Je chante à tue-tête.

Cette jubilation me permet de patienter jusqu'au soir, où je vois Clovis. Clovis est un homme du Sud. La journée, il est glacier sur la Promenade, la Croisette du bord de mer à Sainte-Maxime, il travaille tant qu'il est impossible de le déconcentrer. Il est en blanc, obéissant. Le soir, en revanche, il est au café Le Pirate. Il est Elvis Presley. Les autres garçons ne l'appellent plus qu'Olvis, en lui donnant des tapes dans le dos : jamais trop fort, cependant, pour ne pas l'énerver, déjà qu'il vend des glaces, le pauvre. Il est grand, fort. La rumeur dit que c'est un rockeur. Personne ne l'a jamais entendu chanter, ni jouer de quelque instrument que ce soit. Il a des bagues en abondance aux doigts, des bottes de moto, un perfecto, et les cheveux lissés sur les côtés. Il est musical.

C'est mon idole. Vingt ans après l'avènement d'Elvis Presley, Clovis en est encore là, à se teindre les cheveux en noir, à relever un coin des lèvres quand il sourit, à se mettre du mascara, un pantalon de cuir noir par les nuits les plus chaudes de l'année.

Je ne sais pas si c'est de moi ou de Clovis que mon frère se moque le plus. Dans notre famille, on écoute plutôt Bob Dylan. Moi aussi, j'aime beaucoup Dylan, Joan Baez, les Stones, les Bee Gees. Mais Clovis, ce n'est pas pareil. Clovis, il est là. En chair et, à ce qu'il me semble voir dans son pantalon, en bosses. C'est une blague que je me raconte. Avec qui la partager ?

Clovis est un prédateur, à ce qu'on dit. Bon qu'à lever les filles puisque, les glaces, il les rate, il ne sait que les vendre. Et encore.

J'ai seize ans. Il m'a remarquée. Parce que ma mère m'a acheté à Saint-Tropez des santiags grises, et que je les porte avec un maxi tee-shirt jaune banane, frangé aux manches et en bas. Ou parce qu'il m'a vue une fois filer sur la corniche, et que, lorsque je suis sur la mobylette, le tee-shirt s'envole jusqu'à dévoiler le bas de mon maillot de bain, que je ne quitte jamais, un brin de mes seins parfois, si je prends bien le vent.

Je le sais bien, que je suis loin du protocole familial. Ce n'est pas ainsi que Méliné rêvait l'avenir. Sauf qu'il y a un temps pour chaque arrangement. On verra plus tard l'atemporel et la modernité. Là, il y a l'instant. Et ni Méliné, ni Elena, ni Anahide ne sont là pour me remettre dans le droit chemin. Ce n'est certes pas ma mère qui le fera : elle a toujours été la tolérance même. Elle est seins nus à la plage, à Saint-Tropez. En guise de promenade, elle «pousse jusqu'aux nudistes», la crique un peu plus loin. Elle revient à la nage, son bas de maillot enroulé autour du poignet. Elle me fait des signes de loin, son bras levé en l'air.

D'un destin de fille mère, elle a fait une émancipation. Et oui, ma mère est magnifique, dans ses robes bain de soleil, vert d'eau, elle comprend que les santiags sont importantes.

Je veux Clovis.

Clovis me veut aussi. Il hésite. Il me fait croire que c'est à cause de mon âge. C'est faux. Il n'arrête pas de se trahir et de me le dire, que je suis une gosse de riche. Je ne démens jamais, je ne parle pas du *Tesoro*, de la machine à coudre que ma mère utilise encore pour me réaliser des merveilles. De mon père déclassé représentant de commerce, alors que les autres membres de la famille sont des géants de la Dent.

Je le laisse penser que nous vivons dans une mer de santiags. Que quand j'en veux, j'en ai.

Un soir, nous passons devant Le Pirate, mon père, mon frère et moi. Clovis est là, oisif et brut, assis les jambes écartées.

Mon frère à mon père, aussitôt :

« Tiens, c'est celui-ci que Sophie prend pour Elvis Presley. »

Mon père est spécialiste d'Elvis Presley, rappelons-le. Il a été un de ses premiers admirateurs. Cette passion n'a pas duré, il lui a préféré, on ne sait pourquoi, le bridge, la pétanque, les pique-nique, la fidélité.

« C'est pas faux, dit mon père. Y a quelque chose. »

Se tournant vers moi :

« Sois un peu sur tes gardes, il prend de drôles de libertés à te regarder. Quel âge il peut bien avoir, ce garçon ?

— Il a trente-deux ans.

— C'est un homme. »

Mon frère, bien sûr :

« Elle est sans cesse après lui, à se rouler sur lui le soir quand elle prétend être au Théâtre de verdure.

— Ah bon ? demande mon père. C'est vrai ? »

C'est un père qui ne ment jamais, il ne faut jamais lui mentir en retour. Pourtant, je dis :

« Non, c'est pas vrai. Clovis, c'est un ami, je le considère comme un oncle. »

Mon frère lève les yeux au ciel.

Mon père le sermonne :

«Je crois que ta sœur est assez intelligente pour être prudente.»

Conduite par Clovis, ma mobylette fait des miracles. La selle biplace est exiguë, je suis obligée de me serrer contre lui. Il fait nuit noire sur la route de Tahiti Plage. Je suis loin de Sainte-Maxime. Je ne sais pas où Clovis m'emmène, j'ai ma petite idée : on va à Graceland.

En plus, c'est presque ça. Il me fait passer une grille insensée, il dit que c'est celle du château de Saint-Amé, château dont il m'indique la direction du doigt, à droite, dans la nuit. Pourtant, il continue droit devant lui.

Je demande :

«On tourne pas ?

— Je préfère la plage.»

La plage, on n'y va pas non plus.

«On ne s'arrête pas ?

— Je préfère la crique.»

Un chemin de plus en plus escarpé, je me cramponne. On arrive au bord de l'eau. Il y a un ponton, deux Riva amarrés. Une loupiote allumée.

Il laisse là ma mobylette, sans plus s'en préoccuper. J'ai pour consigne de toujours l'attacher à un poteau.

C'est l'aventure.

«Il y a des gens, ici, Clovis ?

— Jamais le soir.

— Et tu viens souvent?

— Toujours le soir, me dit-il, un sourire ballot aux lèvres. »

C'est une soirée chaude, on n'a pas même eu frais en roulant. Clovis s'apprête à retirer son blouson noir.

« Non, tu le gardes », je dis.

Lui, une moue goguenarde :

« Même pas les bottes?

— Non. »

Et puis j'ajoute :

« Tu gardes tout. »

Je le regarde jusqu'à ce trouble qui vous fait monter la salive. Il faut savoir ce que l'on veut. Avec quelle aisance, quelle formidable immédiateté il le devine, que ça va se faire comme il n'a même jamais osé en rêver, qu'il va pouvoir être Elvis Presley, avec le costume, la mèche qui tombe. On a le droit de jouer un rôle. Il s'approche de moi qui ne recule pas. Le cuir de son pantalon vient à ma rencontre, si je puis dire. En chair et en bosses.

Je lui murmure :

« Tu es là en chair et en bosses. »

Il ne peut me contredire. Je m'assois sur sa cuisse, cela me fait le même effet que la selle de ma mobylette, en mieux. Je mords dans le col du blouson, dans le tee-shirt blanc immaculé.

Ma robe tee-shirt est vite sur le sable. On se couche dessus, d'ailleurs. C'est merveilleux qu'elle soit immense. À un moment, Clovis :

« Il faut quand même que je retire quelque chose, mon petit. »

Le pull dans le musée

J'avais été invitée à l'inauguration d'une exposition consacrée à la mode, à New York, au Metropolitan Museum. Une rétrospective sur Halston, le couturier américain. Le bel Halston avait jadis dessiné des robes pour Jackie Kennedy. On racontait qu'elle achetait (elle était dépensière) des robes françaises, chez Balenciaga, Dior, Givenchy, Chanel et demandait après à Halston de les reproduire. Vrai ou faux? Une question à poser à la curatrice de l'exposition.

Cette dernière, une femme tirée à quatre épingles, m'attendait assise à la cafétéria du musée. On devinait, derrière son abord sympathique, une plus subtile retenue, invisible, pas désagréable, protestante. Les Américains. Ça m'amusait d'être devant elle avec mon ample pantalon chiffonné, ma chemise d'homme. J'avais pensé à mettre une large ceinture de daim orange, cloutée, Saint Laurent, vintage. Pour montrer que.

Au début, cette rencontre ressembla à un inter-
rogatoire. Non en raison de mes questions, plutôt
des siennes.

«Ce musée a une relation exemplaire à la mode,
vous n'êtes pas sans l'ignorer?

— Absolument.

— Plane ici l'esprit de Diana Vreeland, vous
voyez de qui je veux parler?

— Absolument.»

Pour rassurer cette femme, il me fallut prouver
mes connaissances. Diana Vreeland, limogée de
Vogue, qu'elle dirigeait, avait été parachutée ici, au
Metropolitan, pour y créer un département mode.
Ça se passait dans les années quatre-vingt. Le
mépris du monde de l'art pour la mode ne lui avait
pas facilité les choses.

«Le directeur du musée était infect avec Diana
Vreeland, ou je me trompe? Cela dit, c'était une
coriace.»

Le sourire parfait de la femme se fit plus doux :

«C'est amusant que vous connaissiez cette anecdote, elle ne date pas d'hier.

— J'avais fait des pieds et des mains à vingt ans
pour venir voir ici l'exposition Saint Laurent.

— Celle de quatre-vingt-trois. C'était la première
exposition sur un couturier vivant.

— J'étudiais la linguistique à l'université. Mon
oncle travaillait aux Nations unies, je l'avais supplié
de m'obtenir en urgence un stage au département

de terminologie, rien que pour être sur place. J'avais raison, ça m'a permis de voir l'exposition une bonne dizaine de fois.

— Dix fois! Oh mon Dieu! Mais qu'est-ce qu'on voit, au bout de la dixième fois?

— À quel point le tissu, ça meurt. C'était mort, ces tenues.

— C'est très triste, ce que vous dites.

— Le musée est un endroit lugubre pour les habits. Je suis désolée de dire ces choses ici dans ce musée, avec vous.»

Elle prit son élan :

«Et... c'est ce que vous allez écrire?

— Bien sûr que non! Et puis même les habits morts, il faut les montrer. C'est important.

— Ça me fait plaisir, quelqu'un qui s'intéresse à ces questions.

— À Paris, j'ai quelques collègues vraiment érudites dans ce domaine, vous savez. La journaliste du *Monde* est géniale. Une autre à *Vanity Fair*, aussi.

— Oui, mais c'est parce que c'est la France, il y a encore une culture du raffinement, chez vous. Tant de couturiers. Même les étrangers venaient chez vous exister. Il vous en reste quelque chose. La mode se mondialise, mais vous seriez étonnée de constater à quel point plus personne n'y connaît rien. Deux journalistes coréens, ce matin : ils pensaient que Karl Lagerfeld était le fils de Gabrielle Chanel.

— Seriez-vous en train de sous-entendre que ce n'est pas le cas?»

On en vint à parler de Schiaparelli.
Elle me dit :
«Elsa Schiaparelli, c'était une descendante des Médicis. Par sa mère.»
Les Américains instruits ont une passion pour l'aristocratie occidentale.
Je racontai comment ma grand-mère, quand j'étais enfant, me demandait d'essayer un pull d'Elsa Schiaparelli. Je racontai les circonstances qui avaient placé ce pull entre les mains de ma grand-mère. Puis je racontai aussi comment ce pull, eh bien je détestais l'enfiler : il grattait.
La curatrice fronça les sourcils :
«Il était comment, exactement?»
Je dis qu'il était noir, le bout des manches écru. Avec un énorme col cravate, non pas en relief, mais tricoté en même temps que le pull, un motif dans le pull, au bout du compte. Je dis qu'il me faisait penser aux tenues du mime Marceau (fameux aux États-Unis), de Charlie Chaplin, toutes choses que je détestais à l'époque, c'était la culture de mes parents, l'univers barbant des adultes. Je dis que, en dépit de mes réticences, j'enfilais toujours le pull. Dans la famille nous avions un indiscutable respect pour ma grand-mère, son père avait été pendu par les Turcs, sa propre grand-mère avait

été achevée à coups de fouet dans un village à côté de Brousse, Turquie. Et elle-même, ma grand-mère, avait traversé les mers et le typhus. Je faisais semblant d'aimer le pull, pour lui plaire.

La curatrice demanda :

«Vous l'avez toujours, ce pull?»

Je dus avouer que non. Nous l'avions perdu, de même que la page de *Vogue*, les chutes de laine, les aiguilles à dentelle de ma grand-mère, ses robes et manteaux. Récemment, on avait même égaré les photographies et les poèmes d'Irant, dans un déménagement. Nous ne savions rien garder.

«Vous devriez aller à Philadelphie...

— Ah oui?»

Le Philadelphia Museum of Art consacrait une exposition au travail d'Elsa Schiaparelli. Le pull, non seulement était exposé, non seulement on expliquait que des Arméniennes de Paris l'avaient confectionné, mais il avait été réédité pour être vendu à la boutique du musée. La totalité des exemplaires étaient partis en quelques jours.

Les départs
Années quatre-vingt

Ils disparaissent dans les années quatre-vingt.
D'abord Elena, d'un cancer du poumon, jusqu'au
bout le rouge sur les lèvres, les interminables gui-
boles repliées sur le drap, à l'hôpital, la désinvolture,
la cigarette, une indiscipline juvénile qui fait dire
aux médecins : « On ne sait jamais... » Un interne de
vingt-trois ans est tombé amoureux d'elle.

Un matin, ma mère et moi, nous nous présen-
tons, comme d'habitude, dans le hall de l'hôpital, il
nous attend, il nous annonce le décès d'Elena
Orloff. L'hôpital a essayé de nous joindre, personne ne répondait, ni chez nous, ni rue d'Alésia
où, peut-être, Méliné n'a pas osé décrocher le combiné. Elle se doute depuis des jours qu'un appel va
venir.

Le jeune médecin éclate en sanglots devant les
patients, là sur le perron où les taxis déversent
les candidats à la chimiothérapie. Il pleure, il pleure.
C'est vrai qu'à l'hôpital Henri-Bachelot, plus rien

n'étonne personne. Il y a ici une tolérance pour la totalité des réactions humaines. L'interne peut s'effondrer, pourtant ce n'est pas ainsi qu'il voit son métier, ni peut-être que les passants, dans le hall, préféreraient le percevoir. Il a honte. La veille, Elena lui a offert deux manchettes en vermeil. Il nous le dit :

« Je n'ai pas le droit d'accepter. »

Et ma mère :

« Pourquoi ?

— Je n'ai pas le droit, je vous jure.

— Où sont-elles ? demande ma mère.

— Elle a dit : "C'est au coffre." »

Tellement elle. Il y a un faste qu'elle n'a jamais quitté, même quand, avec la modique somme reversée par sa caisse de retraite, elle n'avait plus de quoi vivre. Elle logeait chez Irant et Méliné, dans la chambre libérée des années auparavant par Knar. Et même là, oui, si elle faisait une surprise, si elle annonçait, pour un dîner « je m'occupe des détails », c'était à base de caviar, par des filières à elle.

« Il est où, ce coffre ?

— Au-dessus de son lit.

— On y va. »

On est maintenant devant la chambre. Elena, derrière cette porte, est morte. Le jeune interne ne veut pas y retourner, c'est trop dur. On entre ma mère et moi. Sans regarder vers le lit, je ressens qu'ici c'est pire que le silence. Le coffre est une

271

boîte de fer fixée au mur. Quelqu'un en a déjà forcé la serrure, il est entrouvert, il est vide. Ma mère se tourne vers Elena, au cas où elle aurait des informations. Moi aussi, j'ose examiner la fée de mon enfance, en me disant : « C'est un cadavre. » Je n'arrive cependant pas à m'effrayer. Pris dans le plomb de la mort, le visage exprime son complet désintérêt pour les choses matérielles, ainsi que pour nos sentiments. Le corps, lui, tant aimé, gambadant, intrépide, est recouvert. Il n'est plus question de passer la jambe par-dessus le drap. Elena semble minuscule.

Dans le couloir, le jeune interne est rassuré quand il apprend que les bracelets ont disparu.

On sort de l'hôpital, ma mère explique, les yeux dans le vide :

« Quand Elena a su que j'étais enceinte, et qu'il n'y avait pas de père, tu sais ce qu'elle a fait ? C'était rue d'Alésia, dans le salon. Il y avait ma mère et Anahide. Elle a retiré sa culotte, c'était facile à l'époque avec les bas, elle l'a retirée comme ça et elle l'a mise dans sa poche, et elle a dit qu'à partir de maintenant, si on pouvait tous être libres, elle oserait ce genre de choses.

— Sans blague ! Et comment elle a réagi, Anahide ? !

— Beethoven. »

Et ça nous fait rire. On arrive en bas de la rue d'Alésia, on est en larmes. C'est de rire.

272

Méliné survit deux ans à Elena. Elle reste des heures dans la chambre de l'amie. Elle prétend que c'est pour ranger des affaires. Elle retrouve le collier de coquillages, enveloppé dans une page, bien entendu, de *Vogue*.

Un jour que je passe rue d'Alésia pour visiter Méliné, je l'appelle et elle ne répond pas. J'ouvre la porte de la chambre du fond, qui fut celle de ma mère, avant d'être occupée par Elena. J'y trouve ma grand-mère enfouie dans les coussins, plutôt pâle.

«Ah, c'est toi..., s'étonne-t-elle.

— Ça va?» je demande.

Elle ne répond pas. Je m'assois au bord du lit.

Normalement, elle n'est pas comme ça. Normalement, elle est installée dans le canapé les pieds sur les accoudoirs, la Gitane sans filtre aux lèvres, un transistor posé sur le ventre, fredonnant Scarlatti.

J'essaie de ne pas rompre le silence : personne n'ignore, dans la famille, que Méliné n'aime pas donner trop de détails, si ce n'est en couture.

Et pourtant, j'entends :

«Et toi, Sophie, as-tu amie extraordinaire?

— Plein !

— Plein, c'est rien.»

C'est une vieille dame. Elle vient d'un autre temps, sans doute elle n'a jamais eu de camarades, une bande. Ou alors...

« Tu avais des amies, en Turquie ?

— ... Quelques-unes.

— Plein ?

— Plein.

— Elles sont mortes, c'est ça ?

— Pas savoir.

— Tu as le cafard ?

— Oui.

— Tu penses à Elena ?

— Non.

— Pourquoi tu ne veux pas me le dire, que tu penses à elle ?

— Jamais Elena accepter cafard. Je viens dans sa chambre pour appeler belles choses.

— Alors pourquoi est-ce que tu es si triste ?

— Je pense à mes parents. »

C'est la première fois qu'elle les évoque, à ma connaissance.

« On n'a pas même de photos d'eux..., je dis.

— On avait gros albums. On faisait photos dans boutique spéciale, à Brousse. Et monsieur qui avait boutique spéciale, si on voulait, il venait à la montagne avec nous, il faisait photos de nous pique-nique britannique.

— Quand vous êtes partis, pourquoi personne n'a eu l'idée d'emporter les photos ?

— Qui "personne" ? J'étais seule. J'ai rencontré grand-père après, Istanbul.

— Mais les *Vogue*, tu les as bien pris, les *Vogue* ?

— Ah oui, prendre *Vogue*.

— Les *Vogue*, et pas les photos?

— Si. Mettre photos parents dans pages *Vogue*. Et puis quand police bateau il a demandé arrête les *Vogue*, moi donner les *Vogue* au Turc, tu connaître histoire?

— Oui, je la connais.

— Voilà. Donner *Vogue*. Photos parents dedans.

— À quel moment, tu t'en es rendu compte?

— Pendant traversée.

— Tu as pleuré?

— Oui. Parce que photos c'était preuve élégance de mes parents. Preuve richesse.

— Vous n'étiez pas pauvres, alors?

— On était famille fortune, ma fille, habillés en blanc. Mon père, il allait Suisse pour tapis anciens. Vendre.

— Et la maison?

— Maison immense.»

Elle ajoute, les mains en l'air, les doigts écartés, invoquant le destin :

«On avait *bow windows*!

— Tu en parles si peu, de ce passé.

— Venus chercher papa pour contrôle identité. C'était absurdité, parce que pas besoin contrôle, tous ceux venir chercher papa connaître papa. Papa parti avec hommes rudes. Pas revenu. Plus tard deux jours, je suis allée renseigner. Il y avait endroit, comme mairie. Gardien turc, là-bas, il dire : "Vous pas venir, mademoiselle". J'ai dit : "Pourquoi ?" Il a dit : "Hommes arméniens, tous emmenés, tous pendus dans village à côté." J'ai dit : "Pourquoi ?" Il a dit : "Je sais pas, et même j'ai peine. Je donne conseil : il faut partir. Istanbul, c'est plus sûr." Je suis partie.

— Seule ?

— Où ça "Seule" ? Tu es folle ! Avec voisins. »

Elle pose sur moi un regard démuni, et dans un français impeccable :

« Des pendus, tu imagines ? »

On reste à se figurer les potences. Est-ce que c'était à des arbres ? Quoi que ce fût, l'homme qui rapportait des *Vogue* de Genève, l'ultramoderne individu qui allait déclencher la vocation d'une famille, se balançait les pieds dans le vide.

Quelques mois plus tard, Méliné meurt dans son sommeil, rupture d'anévrisme.

Irant. Rien ne peut égaler en chic mon grand-père. Il est à un tel point de perfection le mythe du chrétien d'Orient qu'une chaîne de télévision, une fois, a demandé à le filmer. Ses *r* sont enroulés sur eux-mêmes, soyeux, ses yeux noirs sont ésotériques, il y a Dieu dedans. Il est fin, discret, souple, habile. Il aurait fait un formidable commerçant s'il n'avait pris cette mauvaise habitude de donner ses meubles au lieu de les vendre.

Il est debout dans le cimetière, en blanc, une pivoine bordeaux à la main. Les seuls qu'il salue vraiment, avec une accolade totale, déchirante, c'est mon père et mon frère. Parce que les hommes, c'est moins engageant, émotionnellement. Du reste, on n'est pas très nombreux. Quelques membres de la communauté arménienne, le prêtre arménien, une petite amie de mon frère, venue en renfort.

Le cercueil est en bois, bien entendu. Mon grand-père se penche vers mon père :

« C'est boîte affreuse, il peste.

— Oui, c'est pas terrible », admet mon père, bien que ce cercueil lui semble assez banal.

Cela dit, si on en parle, il commence à voir que ça ne va pas du tout, ce bois blond, jaune, trop brillant, clinquant, un mensonge. Mon père est représentant de commerce, il a toujours deux trois idées sur la façon d'améliorer les choses, pour qu'elles soient plus attractives.

« C'est du chêne, analyse mon grand-père.

— C'est déjà mieux que du pin, Irant.

— J'aurais aimé acajou.

— Bordeaux ?

— Oui, comme pivoine. »

Il montre sa fleur.

« Mais "acajou", fait remarquer mon père, c'est pas plutôt pour les crémations ?

— Ah bon ?

— Ah si, je crois que ça brûle mieux, Irant. »

La Vocation

À la mort d'Irant, un an plus tard, nous revoici devant la tombe ouverte. Dedans, il y a Elena, Méliné, et maintenant le cercueil acajou d'Irant, fabriqué par lui, dans l'atelier de la rue d'Alésia, selon les règles imposées par l'Agence nationale de sécurité sanitaire. Là-dedans, il est paré pour la vie éternelle, dans son costume de laine froide couleur mastic, Alexandrie, 1950. Il était si mince, il a pu porter jusqu'à la fin le costume taillé pour lui des années auparavant. Les derniers mois, il ne mangeait plus que des concombres et des amandes. Les concombres, pour s'hydrater, et les amandes pour leur adéquation avec le bois. Dans la poche de son costume, on a trouvé ce court poème, accroché à un croquis du cercueil :

« Femmes, promenons-nous dans le bois »
C'est dans la tombe avec lui.

Le rendez-vous avec la marque

Un bureau place du Palais-Bourbon à Paris. L'adresse était belle. Les fenêtres donnaient sur la cour. On était là pour se faire sermonner, Valérie et moi. Une marque n'était pas satisfaite, on ne parlait pas assez d'elle. Elle menaçait de retirer son investissement publicitaire dans le journal, lequel, après vérification, n'était pas négligeable. On avait rendez-vous à huit heures du matin, maintenant il était neuf heures, et toujours personne. Une jeune fille nous proposa un cinquième café, son patron n'allait plus tarder, elle l'avait eu au téléphone. Il avait proposé, en attendant, qu'on se « re-familiarise avec les produits ». On les connaissait par cœur, bon, on retourna les admirer. Alignés sur des portants. Ils étaient affreux, comme dans nos souvenirs. Ce qui aurait pu être simple était gratifié d'un détail hideux. Une poche de couleur, une fermeture Éclair trop imposante, qui vous sabordait un tombé, un galon doré sur un col, des rivets aux manchettes, un écusson écœurant avec «Farniente université» écrit dessus. Et le moindre tissu, élastique, brillant.

On allait de cintre en cintre.

La jeune fille nous détaillait chaque modèle. Elle n'avait qu'une chose à dire, la pauvre, et cette chose, c'était :

«C'est très rock.»

Elle avait à cœur de rappeler l'amour de son patron pour la culture rock, comme si c'était un trait inédit, alors que l'univers entier de la confection faisait la même chose.

À un moment, je fus assez excédée pour demander :

«C'est quoi, au juste, le "rock"?»

Elle peinait à expliciter le concept :

«C'est un vrai style.»

Et moi :

«Le style rock?

— Complètement!»

Valérie gardait les yeux fixés sur une paire de boots abominables, avec des incrustations mordorées.

Le patron arriva à dix heures trente. Il nous serra la main avec une brusquerie, certes revigorante. Au lieu de s'excuser pour son retard, il lança à son assistante, sans nous regarder :

«Elles se sont imprégnées de la marque, Lorie? Tu les as imprégnées?»

Elle tremblait de lui répondre. En plus, il ne lui faisait pas confiance :

« C'est ce qu'on va vite voir », conclut-il.

Là-dessus, il s'engouffra dans un bureau où on comprit qu'il fallait le suivre. Il n'y avait rien dans cette pièce sauf une longue table noire, des chaises noires. Il s'assit à une extrémité et nous, sans nous concerter, on se mit sur les côtés.

« Vous voulez des cafés ?

— Non », on répondit en chœur.

Il hurla :

« Lorie ! Apporte-nous des cafés pour ces dames ! »

Ajouta :

« Et pour moi, un carotte-gingembre ! »

Nous expliqua :

« Le café, c'est très mauvais, y a le noir qui reste sur les parois. »

Ajouta :

« Pas de la tasse, hein : je parle des parois de l'estomac. »

On le contemplait.

Alors il y avait lui, donc, au bout de la table noire, sur sa chaise noire, habillé en noir, chemise noire, cravate noire, costume provenant de ses ateliers puisque matière élastique et brillante, et il y avait nous.

Au lieu de parler, de nous exposer la raison pour laquelle il se sentait « mal traité » par le journal, il fit rouler un peu sa chaise en arrière, attrapa les bords de la table avec ses mains, comme si c'était un flipper, et il nous fusilla du regard.

Valérie, d'une mine de cérémonie, lui sourit :

« Vous vouliez nous voir ?

— Ben ouais. »

De nouveau, le silence.

C'est lui qui le rompit :

« Vous dites rien ? »

Il lâcha la table, et agita les doigts de ses mains.

« Allez, hop hop hop, je vous attends, on vient... allez venez... je veux vous voir venir vers la marque... allez allez, un petit effort, un petit sourire, allez... je veux vous entendre... ouh qu'elle est belle cette marque... allez, allez, on se sort les doigt du cul, et on m'explique ce qu'on aime dans ma marque, allez, hop hop hop... ! »

Il vit nos têtes. Même s'il se félicitait d'être sans limite, il regrettait pour « doigts du cul ».

« Pardon d'être cavalier, mais on sait de quoi il est question, non ? Vous voulez que je vous rappelle combien de pognon je mets dans votre journal ? Combien de salaires je paie chez vous avec mon budget ? Et ces dépenses pour quoi ? Pour des mini-photos de merde, pardon mesdames. Alors que ces messieurs du luxe, eux, ah ça, avec eux c'est sucette major, hein : on suce tout, la tige, les turbines et le cabochon. Pourquoi on ne me rutile pas, moi ? Ils valent moins d'argent mes biffetons ? »

En même temps, il était assez drôle.

Je ne sais pas ce qui me prit :

« C'est parce que vous, c'est moche, c'est mal fait, ce n'est pas créatif », dis-je.

Valérie opta pour un café supplémentaire, finalement.

Le ciel aurait dû nous tomber sur la tête, mais non. Le roi du franc-parler l'aimait assez chez les autres.

« Eh, j'ai pas dit qu'on était créatif. J'ai pas dit que c'était fait au mieux : c'est de la *fast fashion*. Comme le *fast fucking*, mais en mieux pour mon compte en banque.

— *Fist.*

— Hein ? De quoi ?

— *Fist fucking.*

— Peut-être. J'ai pas appris par cœur *Histoire d'O*, miss. Et quant à "moche", puisque vous en parlez, j'ai pas peur de ce mot : c'est ça qui se vend. Et moi je suis un vendeur, je suis pas un branleur de la manche asymétrique et de la bottine avec le pouce séparé qui sort au bout. »

Je l'adorais.

« Est-ce que ça se vend tant que ça ? » demanda Valérie.

Il fit rouler sa chaise en avant, posa ses coudes sur la table :

« Pas au point qu'on puisse foutre notre argent par les fenêtres dans les pages de pubs de votre canard sans que vous y mettiez un peu du vôtre. »

Et Valérie :

« On parle de vous dans le journal, en fait. Assez souvent. Je vous ai apporté la liste.

— Ouais, maybe. Bizarrement, j'ai jamais lu dans vos pages qu'on était géniaux.

— On ne dit jamais de mal de vous.

— OK, jamais de mal. Mais "géniaux", j'ai jamais lu ça écrit sur nous. »

Et Valérie :

« Vous l'êtes ?

— Hein ? De quoi ?

— Géniaux ? »

Il se campa bien en arrière sur son siège, les pieds sur la table cette fois-ci :

« Hé, le coffre à vocabulaire, c'est vous qui l'avez, c'est pas moi. Mettez-moi du blabla sur mes frusques. »

J'aurais voulu dire à cet homme : « Si vous retirez vos pages de publicité, non seulement on ne se sentira plus obligées de trouver deux trois trucs à aimer chez vous. Mais en plus, comme par enchantement, on aimera une autre marque très rock. Et on dira que c'est elle qui l'est en vrai. La seule. »

Je n'en fis rien.

On trouva quoi écrire d'élogieux sur ce monstre. J'avais perdu l'envie de me révolter. Cela m'épouvanta.

Audrey sur l'embarcadère
1982

À New York, j'ai le sentiment d'être au centre du monde. Aussi parce que j'ai vingt ans, que je travaille – pour trois mois – dans un sélectif service de terminologie, langue française, que nous habitons le Waterside Plaza, un groupe de tours huppées sur l'East River, à quelques blocs de là où vivait Greta Garbo. De ses fenêtres, elle avait la même vue que nous. En bas des tours, il y a un héliport, et un embarcadère à hydravions.

Je suis venue pour voir l'expo Saint Laurent, et voici que j'ai mieux encore : sur l'embarcadère, se tourne un film de Peter Bogdanovich avec Audrey Hepburn et Ben Gazzara. Deux scènes. Ça prend des jours. Nous les observons aux jumelles. Mon oncle Waïk calcule l'âge d'Audrey Hepburn. Elle a quarante-huit ans.

Une fois, je descends. Par un accès direct qui mène de nos tours à l'embarcadère, je me retrouve pile au niveau du tournage, derrière une de ces hautes grilles que les Américains mettent partout en ville.

Personne ne fait attention à moi.

Audrey Hepburn est mince comme il semble impossible de l'être. Elle a les cheveux courts remontés en volutes au-dessus de sa tête. Un préposé à ce volume remet de la laque. Elle a des lunettes, non pas noires, mais fumées. Elle porte un caban bleu marine. Sa tenue, c'est comme ça : elle a un jean, taille haute, et une chemise rose pâle avec un col raide, empesé, je le vois car on vient sans cesse ouvrir et refermer son caban, des boots bordeaux, avec une lanière qui fait le tour du pied. Ce n'est pas très haut. Cinq centimètres, c'est tout. Il y a un autre préposé, cette fois-ci à ses boots, son rôle est de s'assurer que les pièces de tissu, de la feutrine pour ce que j'arrive à en voir, restent bien collées sous les semelles. J'en déduis qu'Audrey Hepburn ne doit en aucun cas faire du bruit en marchant. J'en déduis que c'est ça, le cinéma. Il y a deux micros avec de grandes perches, et des préposés affectés au son, bien sûr. Le caban est doublé de bordeaux. Je suis sûre que c'est de la soie, je suis sûre que le caban c'est du cachemire. Il est comme un caban classique sauf que ça n'en est pas un : il a des manches raglan. Je suis sûre que c'est un Givenchy. Hubert de Givenchy habille Audrey Hepburn depuis le film *Sabrina*. Je fais partie des gens qui savent ces choses et bien d'autres. Elle avait payé ses costumes avec son cachet.

On finit, d'ailleurs assez gentiment, par me demander de m'éloigner. Je remonte au vingt-huitième étage de la tour raconter ce que j'ai vu à Anahide et à Waïk. Ils m'écoutent détailler Audrey Hepburn en se repassant les jumelles, pour vérifier en hochant la tête. Elle est bien comme je dis.

Dans leur dos, j'annonce :

«Je ne veux plus être linguiste : je veux m'occuper d'élégance.»

Ils se retournent en même temps. J'ai cette chance d'avoir été admise aux Nations unies, certes par l'intermédiaire de mon oncle. J'ai vingt ans, une maîtrise de linguistique, et déjà un stage dans un lieu chargé d'affects par les Arméniens, c'est l'ancienne SDN, c'est l'origine du statut des réfugiés, des apatrides, le passeport Nansen qui fut celui de ma famille.

«Sans doute que tu pourrais», rêvasse Anahide.

La femme dans la rue

Il était dix heures du soir, je rentrais en flânant. J'avais dîné en terrasse et laissé un pourboire au serveur, il me restait un billet de cinq euros que je caressais dans ma poche. Il était usé, doux, une peau de chamois. Quelque chose de velouté dans l'argent me rassurait. J'aimais qu'avec ce travail, me soit venue une aisance financière. Cela compensait le bureau 522, les réunions qui ces derniers temps s'accumulaient dans mon agenda électronique. Voilà pourquoi, sous les arcades de la rue de Rivoli, je profitais de l'insouciance du soir, volée à la convention du travail.

Elle, elle était assise par terre, contre la porte d'une boutique, un bureau de change, fermé à cette heure. Un néon, qui restait allumé toute la nuit, jetait sur sa silhouette une lumière crue, en plus qu'elle s'était mise juste sous l'endroit éclairé.

Au moment où je la doublai, son visage rencontra mon profil. Je sentis, sans avoir à tourner la tête,

288

bien plus qu'une demande, bien plus que l'humiliante nécessité d'attirer l'attention d'un donneur, une lueur d'intérêt dans les yeux de cette femme. À partir du moment où je me fis cette réflexion, c'était trop tard pour décider que rien n'était arrivé. J'avais conscience de la femme, et la femme avait conscience de moi. Les clochards vous diront que les profils, les fronts, les dos, ça parle. Qu'une personne se sauve ou hésite à s'arrêter, le clochard le voit.

Ma foi, le billet était là dans ma poche, au bout de mes doigts.

J'étais revenue sur mes pas et, puisqu'elle n'avait pas la coupole que certains disposent devant eux, pour justement épargner le contact direct, je lui avais tendu l'argent.

Elle l'avait pris. Sa main était couverte de bagues.

« Un café au lait », elle avait dit, le regard sur le billet.

Je ne comprenais pas si c'était quelque chose qu'elle sollicitait en plus des cinq euros, ou bien la boisson qu'elle allait pouvoir s'offrir avec cet argent. Les deux secondes d'incertitude où je restai debout, devant cette femme installée dans la rue sur un duvet. Le duvet était écossais, un autre écossais autour de son cou, dont les couleurs venaient en rappel, des moufles à côté d'elle, aberrantes en cette saison, on était à la fin du printemps. Ces moufles étaient, par surcroît, crayonnées, comme avec des feutres, ça faisait des quadrillages. Je devinai que la femme avait dessiné elle-même sur les moufles, et que c'était pour que ce soit assorti à ses autres écossais.

«Le café au lait, j'adore ça», m'expliqua-t-elle, elle aussi déstabilisée par la camaraderie qui flottait.

Il y avait encore la possibilité qu'elle soit folle, ce qui aurait expliqué en partie le quadrillage des gants, la cohérence de sa mise. C'est comique de penser que moi, qui travaillais dans un magazine de mode, qui étais enfant d'une lignée d'adorateurs des beaux habits, j'envisageais en premier le dérangement mental comme explication au raffinement absolu.

«Oui je suis un peu zinzin», confirma-t-elle, me devinant.

Dès cet instant je sus qu'elle ne l'était pas. La rue l'avait rendue franche, ou alors la franchise, si ça se trouve, l'avait fait aboutir ici dans la rue. Non elle n'était pas folle, elle était drôle et vraie. Pas saoule. Pas atrophiée par ses conditions d'existence. Rien en elle de la servilité du quémandeur.

Quel âge pouvait-elle bien avoir? On vieillit vite dans la rue, à ce qu'on raconte. Je lui donnais une cinquantaine d'années.

Je la félicitai pour son raffinement. Elle eut une mine d'exquis bonheur.

«Beau manteau», me dit-elle.

Je précisai bêtement :

« C'est Céline. »

Et elle :

« Céline. Ah, des gens en jettent. »

Je crus qu'elle parlait de moi et me complimentait pour l'effet que je produisais, en bleu. Me disait que j'en jetais, que je faisais de l'effet. Ainsi sommes-nous faits.

« Je vous remercie. »

Mais elle :

« Pourquoi me remercier ? Dites-moi, ce n'est quand même pas vous qui les jetez toutes, les choses de chez Céline ? »

Par « en jeter », elle entendait en mettre à la poubelle.

Je lui promis un bob écossais pour aller avec le reste. Le lendemain, je le lui apportai. Elle le plia et le glissa dans sa manche, comme jadis Méliné avait fait avec la page de *Vogue*.

La femme de Goa

1982

Elle me complimente : pour elle, je suis une jeune fille française de France, je suis captivante comme n'importe quelle Française sait l'être. Elle donnerait beaucoup pour aller à Paris, cela n'arrivera pas. Elle sera coincée sa vie durant à Goa, dans la moiteur et les solutions de remplacement, loin du style. C'est son avis. Moi, je trouve que c'est le monde à l'envers puisque depuis cinq jours que je suis dans son hôtel, j'ai honte de ma fadeur. Aucune de mes chemises ne me paraît digne de la somptuosité indienne. Les alliances de couleur me procurent des sensations. Ici, on met du vert pâle à côté du rose tyrien. Les gens de la rue ont la beauté absolue. Quand j'étais enfant, Elena disait «beauté totale». Pour les fois où vraiment on touchait au génie.

«Vous êtes un beau peuple.»

Elle dit que je suis folle.

Je dis que c'est elle qui est folle.

Elle dit que les Français sont beaux.

Je dis que les Indiens sont beaux.

Elle dit que les Français sont élégants.

Je dis que les Indiens seuls le sont.

Nous ne sommes d'accord sur rien.

Le lobby de l'hôtel, par une porte-fenêtre, donne sur un chemin qui mène à la plage. Il y passe constamment des gens. Des touristes, beaucoup d'Indiens, souvent touristes eux-mêmes.

Elle me propose un thé. J'accepte. Elle insiste pour me céder son fauteuil en osier, dont je remarque les merveilleux coussins multicolores. Elle se place sur le muret. On peut examiner ensemble la rue.

Au troisième Indien qui passe, elle me demande :

« Qu'est-ce que vous pouvez bien nous trouver de si fantastique ?

— Tout. »

Elle plisse le front.

« Montrez-moi ce qui vous plaît. »

Je cherche alors parmi les passants ceux qui me paraissent les plus fabuleux. Soudain, j'en vois un :

« Lui !

— Lui ?

— Oui ! »

Un homme avec un dhoti jaune citron, torse nu, et un blazer bleu marine.

Elle secoue la tête, navrée.

« Lui ! » je crie encore.

Cette fois, c'en est un avec une pièce de tissu écossais arrangée autour de ses hanches. Sur la tête, un autre tissu écossais lui fait une coiffe, deux pans du tissu sortent, droits et raides comme une aigrette au-dessus de sa tête.

Elle est interloquée.

« Et elle ? » me dit-elle.

Elle m'indique une femme sans grâce aucune, enroulée dans une étoffe aussi brillante que ses bracelets.

« Non, ça ne va pas. »

En retour je lui désigne une femme avec un jupon de coton vert bouteille, pieds nus, une tunique abricot passée par-dessus.

Et elle m'en montre une autre, et moi une autre, et ainsi de suite. La femme est perdue dans ses réflexions, car c'est ballot de si peu se comprendre, alors qu'un lien évident s'est établi entre nous dès mon arrivée, que nous avons le même âge, vingt et un ans, le même amour pour Elvis Presley. On a vu ça hier soir.

Soudain, un homme traverse la rue. Il est comme tous ceux que je ne cesse de remarquer, sauf que, de si près, on voit encore mieux combien c'est renversant, son dhoti à carreaux bleus et verts, et son turban rayé, mauve et gris, dans lequel il a planté une fleur de pavot vermillon. Je me tourne vers la femme, mes paumes à plat dirigées vers le dos de cet homme qui maintenant s'éloigne.

« Lui !

— Celui-ci aussi ?

— Celui-ci surtout ! »

Elle est soulagée d'y voir plus clair :

« Ces gens que vous me montrez, ce sont des cantonniers. Ce que vous trouvez si raffiné, ce ne sont pas les Indiens. Ce sont les pauvres ! »

Le Tesoro me poursuivait.

Le musée de la Mode

La « performance » avait été nommée l'« Impossible garde-robe ».

On avait installé des bancs de part et d'autre d'une allée centrale, ainsi qu'on l'aurait fait pour un défilé. Sauf que c'était dans un sous-sol du Palais de Tokyo, à Paris. Un court texte, envoyé avec l'invitation, prévenait que le musée, grâce à cette performance, allait s'autoriser des « expériences inédites dans le domaine de la mode ».

La salle était pleine à craquer. Ils étaient tous venus : les dieux de la profession, directeurs de groupe, photographes, directeurs artistiques, directeurs de journaux : à l'exception des enterrements, on n'avait jamais eu un rassemblement aussi complet du monde de la mode. Hugues était là, notamment. Assis à côté du ministre de la Culture. Les créateurs des maisons de couture s'adressaient des saluts timides, de loin : au fond, ils se connaissaient à peine.

J'étais devant, coup de chance. Madame la directrice de la mode. C'était la première fois depuis des mois que j'en concevais autre chose qu'une honte sournoise. J'avais très envie de voir cette performance. L'homme qui l'organisait venait d'être nommé directeur du musée Galliera, voué à la mode. C'était un individu délicieux et immaculé, d'une netteté bienfaisante, il rapiéçait lui-même ses cols de chemise. Nous nous aimions beaucoup.

J'aperçus Seiko, au loin, debout. Elle n'osait pas s'approcher. Elle me rendit mon sourire avec ce petit signe de la main que font les Japonais, le coude cassé, on dirait toujours qu'ils tiennent une marionnette. Je l'impressionnais. C'était l'effet premier rang.

Valérie parlait avec Bruno. Elle était en train de lui raconter quelque chose, et lui ne l'écoutait qu'en partie, laissait traîner alentour ses yeux d'elfe. Il se sentait toujours en alerte, même ici où il venait en touriste. Quand il laissa Valérie, il alla directement vers Hugues, son patron. Quel que fût leur sujet de conversation, c'était bien sinistre, bien crispé. Bruno avait les mains derrière le dos, elles tricotaient dans le vide, de nervosité. Ça me traversa l'esprit, cette idée que Bruno, en s'échappant de Clermont-Ferrand, avait trouvé un autre père terrifiant.

Derrière moi, Haydée aussi observait la salle, je l'avais embarquée en quittant le journal. En route, j'avais voulu savoir si elle était heureuse dans ce journal. Elle avait dit :

« Non. »

J'avais demandé :

« Pourquoi ? »

Elle avait su le résumer :

« Ça n'a pas de sens. »

Sans que je comprenne si elle parlait du travail en tant que tel, ou du fait ne pas être heureuse dans ce qui était supposé être un paradis.

On installa Damian à mes côtés. Hugues le suivait des yeux. Le beau Damian était frais comme un matin, malgré les heures dures passées dans son atelier. Pour le taquiner, je lui demandai à quoi il avait occupé sa journée, pour sembler aussi reposé.

« Je n'ai absolument rien fait », mentit-il.

Je lui présentai Haydée.

Elle était rouge écarlate en lui serrant la main.

« Haydée a fait des études d'ethnologie, expliquai-je.

— Ô Seigneur, et c'est pas complètement rasoir ? » nous demanda-t-il à toutes les deux.

Je fis signe à Haydée de répondre.

« Je le pensais, pendant que j'étudiais, mais maintenant j'en suis moins convaincue.

— Elle est assistante de mode, chez nous, je précisai.

— Et ça te plaît ? » raconte-moi, lui demanda Damian.

Il avait cet incommensurable entregent.

« C'est une subculture. »

Elle avait cette incommensurable pureté.

Damian me prit à partie :

« Qu'est-ce que cette gosse intello fiche chez tes dingos à s'occuper de mode ?

— Elle est venue parce que les premières traces de chaussures chez l'homme datent de douze mille ans », dis-je.

Flèche arriva en retard, excédée, je lui fis un signe amical, auquel elle ne répondit pas. On n'y arriverait jamais.

« Elle a l'air de t'adorer, blagua Damian.

— Ta gueule.

— "Flèche", c'est son vrai nom ?

— Euh, je crois que ça vient du fait qu'elle est très intelligente.

— Tu es tordante.

— Pourquoi elle me hait comme ça, Damian ?

— Elle ne te hait pas, elle n'a pas de cerveau.

— Je te certifie qu'elle est futée dès qu'on parle de mode.

— Le cerveau mode, c'est pas le cerveau général. »

Une voix dans un micro annonça que ça allait commencer. Certains continuaient de parler comme si de rien n'était. Notamment Hugues, à qui personne ne pouvait imposer quoi que ce soit. Il jetait à présent des regards moroses dans notre direction.

Je me penchai vers Damian :

«Comment on peut être aussi riche et aussi triste?

— C'est exactement ce que je lui ai dit l'autre jour!

— Tu le vois souvent?

— Un peu...

— Et que t'a-t-il répondu?

— J'ai complètement oublié.

— Et au fait, il t'a aidé?

— Oui... il me renfloue, si c'est ta question.

— Et ça t'a coûté combien?

— Écoute, c'est vivable... Je l'ai emmené en Hollande la semaine dernière...

— Y avait ta mère?

— Oui.

— Ça s'est passé comment, entre Hugues et elle?

— Bien. Mais il a dit à un moment du dîner qu'il aimait les antiquités, et Ingeborg, dans son français impeccable – j'allais dire "implacable" – nous a aussitôt appelés "Sodome et Commode". Pauvre Hugues, ça lui a mis le moral dans les chaussettes. Elle peut être très vache.

— Elle est sadique, ta mère.

— C'était pas très CAC 40, faut reconnaître.»

Je pensai à Bruno, à ses parents. À ce qu'il devait cacher à Clermont-Ferrand. À ce que Damian avait le droit de montrer à Amsterdam. La différence entre les gens. La loterie.

Les lumières s'éteignirent. Ça commençait.

Le musée de la Mode

Elle apparut au bout de l'allée centrale, ou disons que soudain une lumière changea et on la vit. Grande, maigre, les cheveux blonds, courts, rasés par endroits, elle était nue sous une blouse blanche de couturière, avec des gants blancs, et des escarpins à talons : dans ses bras, sur un coussin, sur lequel était posé encore une étoffe blanche, il y avait un gilet avec une collerette brodée. Et une voix dans un micro disait :

« Sans griffe, collet du soir, vers 1898. »

Elle, elle arpentait l'allée, le coussin tenu à bout de bras. Elle revenait sur ses pas, une assistante lui tendait une autre coussin, ou parfois c'étaient des cintres, elle les tenait loin de son corps. Et elle revenait avec, pour nous le montrer.

La nature de chaque habit était décrite, le gilet de Bonaparte, si petit. Devant sa petitesse on pensait au dépassement de soi, au destin et à la guerre.

Il y avait aussi l'habit d'un fusillé avec le trou.

Le corsage ouvragé de Cléo de Mérode, vers 1900.

Un col du soir de Sarah Bernhardt.

Voilà, c'était comment les habits nous survivaient. Ceux-ci venaient du musée Galliera, musée de la mode, où ce nouveau conservateur avait été nommé. Conserver, c'était bien le sujet, pour ces objets : on devait les manipuler avec précaution, la lumière les tuait, la chaleur ambiante. Mais pourquoi survivaient-ils ? La vraie vie leur était interdite. C'est pour ça que nous étions tous venus : pour voir où ça va, où ça meurt. Où il est, l'au-delà de notre métier.

Alber Elbaz, le grand créateur de robes, regardait passer Tilda Swinton, le visage inondé de larmes. Il les connaissait bien, ces tiroirs du tissu éternel, le plus souvent cantonnés dans des sous-sols, l'ambiance de morgue de ces endroits, le froid qu'il y faisait, la pâleur des appariteurs. Il m'avait raconté qu'une fois, il s'était fait ouvrir ceux de chez Saint Laurent, il m'avait dit : « Quelle tristesse. »

Je pensai à Méliné. Au fait qu'il ne restait rien de ses possessions. La page de *Vogue*, où était-elle ? Les tailleurs qu'elle m'autorisait à essayer, enfant. Les napperons qu'elle avait brodés elle-même. Le placard entier d'Elena. Où c'était, à présent ? Comment était-il possible qu'on ait définitivement perdu tant de choses ? Notre pays, nos maisons, nos parures.

Et la performance me rendit mélancolique. Mon musée était dans ma tête. Après moi, il n'y aurait plus rien de ces souvenirs.

La chemise d'Anahide

Demain, je rentre en France. Le personnel des Nations unies, dans mon département, m'a organisé un pot d'adieu. Je ne serai pas terminologue de langue française, malgré les facilités inespérées mises à ma disposition, je n'embrasserai pas la carrière presque diplomatique, je l'ai dit à tous que, moi, je préfère la mode. Ils assurent que c'est formidable, d'avoir ainsi le sentiment d'une prédestination. Ils sont polis, le peuple de l'Onu a cette urbanité sans laquelle tant de gens de tant de pays ne pourraient cohabiter. Au fond, à leurs yeux mon choix est aberrant. Et comment vais-je y aller, dans la mode? Est-ce vraiment ce que je veux?

«Les premières traces de chaussures chez l'homme datent de douze mille ans», plaide le chef du service.

Je le lui ai appris.

Il essaie de m'englober dans un vaste projet intellectuel, sans lequel lui-même ne saurait vivre.

J'abonde dans son sens.

Je dis :

«J'ai la conviction que le discrédit jeté sur le vêtement est un totalitarisme visant à entraver notre
individualité. Toutes les dictatures ont eu la coquetterie en horreur.»

Il dit :

« C'est quand même dommage, Sophie. La terminologie, tu avais le cerveau pour.»

Au moment où je les quitte, devant les ascen-
seurs, ils sont si désolés, c'est comme si j'entrais
dans les ordres, sauf que c'est dans le désordre au
bout du compte, loin de la sûreté de l'organisation.

On rentre à pied vers le Waterside Plaza avec
Anahide et Waïk, on longe le quai, le yacht-club où
nous nous étions promis d'aller, au moins une fois.
Plus personne ne parle d'y entrer. On a faim et
Anahide, là-haut, a préparé un repas arménien.
Une salade de thym du Liban. Le thym arrive par la
valise diplomatique, mon oncle le rappelle. C'est
de cela aussi dont je vais me priver en renonçant au
service de terminologie des Nations unies. La veille
encore, il m'a parlé de cet ordinateur qui recense,
au Canada, les termes officiels, dans les langues
utilisées par l'organisation. Il prédit que l'usage
des ordinateurs va se généraliser, que les questions de traductions seront passionnantes à codi-
fier. Qu'évidemment j'aurais excellé à imaginer
ces progrès, même fait fortune, qui sait?

Il dit :

« C'est ton choix. »

Il n'est pas en colère cependant. S'il est tombé amoureux d'Anahide, c'est aussi parce qu'elle portait si bien les tenues. Durant vingt-cinq ans il a rêvé des couleurs arborées par cette femme, caressant l'idée qu'un jour, peut-être...

Nous montons à l'appartement. Le dîner est succulent. À peine est-il terminé que mon oncle se retire. Il lit des documents jusque tard dans la nuit. Il construit un barrage en Mongolie. Ma tante va l'accompagner là-bas cet hiver.

Nous sommes Anahide et moi dans le salon, cernées par les meubles esprit danois d'Irant Drezian, elle les a fait venir par bateau. J'ai deux valises remplies. L'une, c'est celle avec laquelle je suis arrivée. L'autre, c'est celle des trouvailles new-yorkaises. Je m'apprête à la fermer, elle m'interrompt :

« Non, attends. »

Elle part vers une petite commode de bois clair, une de mon grand-père. Elle l'ouvre. Je ne vois que son dos, mon cœur bat car je devine (le cœur comprend avant nous, n'est-ce pas ?) ce qu'elle est en train de fomenter. Je ne me trompe pas. Quand elle se retourne, elle a la chemise en madras, celle-là qui m'a tant obnubilée, celle-là pour laquelle je voulais aller à Cochabamba, entre les mains.

« J'ai idée de te la donner », me dit-elle.

La linguistique, elle est enterrée. Mon langage, à jamais, sera universel. Il se passe de mots, même si je m'extasie :

«Anahide, je suis comblée.»

À Paris, la première chose que je fais, avant de raconter l'Empire State Building, les *thrift shops*, les écureuils dans Central Park, la limite de Harlem, la terminologie, le salon des ambassadeurs, mes projets, c'est de montrer la chemise à ma mère. Anahide l'a enveloppée dans un papier de soie, il s'ouvre sur mon trésor.

«Elle n'est pas un peu défraîchie? dit ma mère.

— Faut juste la laver.

— Je ne mettrais pas ça à la machine.

— Moi non plus. Je vais la laver à la main.»

Avec amour, je remplis une petite bassine, je mets la lessive, je mets l'eau. Je plonge la chemise devant et elle fond. Littéralement elle se désagrège, le tissage se défait dans mes doigts. Je n'ai plus que les endroits surpiqués à tenir.

Un dieu dit : votre patrimoine, famille Drezian, c'est votre désir insensé. Je ne vous accorderai rien de plus.

La démission

Un soir, à Milan, où nous allions pour les défilés, Valérie avait prophétisé mon évasion. Nous étions au restaurant de l'hôtel. Vue imprenable sauf qu'il faisait nuit. Les verres étaient trop hauts, la musique bien trop forte pour que ce soit vraiment chic.

Nous parlions du bonheur d'être dans cette ville au nom de la mode. On répétait qu'on avait une chance folle de s'être rencontrées dans ce milieu, on listait nos points communs. L'Arménie. Le rêve d'intégration.

Soudain, Valérie avait pris des yeux graves. Elle devait, disait-elle, me poser une question.

«Tu songes à me nommer directrice de la mode?» blaguai-je.

Elle éclata de rire, juste avant de reprendre son sérieux.

«Je voulais juste savoir si tu écrivais, en ce moment.»

Elle le disait d'un ton bien solennel. Je compris qu'elle ne parlait pas des articles, mais d'autres travaux, plus personnels. J'avais déjà publié une dizaine de romans, auparavant.

Comme si cela ne pouvait pas vraiment être avoué, je lui répondis tout bas :

« Non, Valérie, je n'écris pas. »

Et elle, aussitôt – mon Dieu elle devait y penser depuis des semaines :

« Est-ce que tu en souffres ? Je veux dire, avant, tu rédigeais au moins les articles... ça te faisait un lien avec les mots.

— C'est que, vois-tu, la mode me prend trop de temps... je vis dedans, à présent.

— Et ?

— Je n'ai plus la tête à autre chose.

— Tu n'as jamais pensé à écrire un livre sur la mode ? »

Ça me fit sursauter :

« Ça ne m'est jamais vu à l'esprit. »

C'était vrai. De toute manière, comment écrire quand nul mot, je veux dire nul mot authentique, nulle poésie digne d'Irant et nulle vérité, ne parvenaient à monter dans mon âme dans la trivialité de notre travail quotidien ?

Quel démon me poussa à continuer :

« Ça mériterait sans doute un livre, je te l'accorde. Nous, gens de la mode, vivons dans un monde facile à dédaigner. Et même si l'univers de la mode m'a parfois donné la nausée cette année, ça me ferait mal au cœur qu'une personne malveillante, un jour, nous décrive sans amour. On est si fragiles. On pourrait vite nous accuser d'être un univers d'apparences. Sauf que je voudrais qu'on m'explique ce que nous serions, tous autant que nous sommes, sans les apparences? Pour ma part, j'ai toujours tâché de les sauver. J'avais soigné ma tenue à l'enterrement de ma mère. Pour tenir. Quant à elle, selon sa volonté, elle partait avec la moins formidable de ses robes, afin que ses autres possessions (ses jupes et pulls, du reste ni nombreux, ni onéreux), restent sur terre dans la lumière, pour qui voudrait. Grâce à elle, j'aime la mode. J'aime ce monde que les femmes connaissent bien, mais qu'on réduit trop vite aux seules femmes. Toi et moi nous savons que sans le souci du raffinement, on n'aurait pas Samuel Beckett, un homme jamais embêté d'utiliser une besace de femme, ni Cary Grant qui jouait dans ses films avec ses propres complets, ni Willy Covary, le sapeur du Congo, avec son costume rose et son chapeau melon rouge, ni Henri Matisse qui faisait broder des pâquerettes sur les trous de ses draps, de manière que ça l'habille, la nuit, dans le lit. La liste de ces hommes fous d'élégance serait interminable.

— C'est vrai.

— Ce monde de la mode est si féminin, c'est pour ça qu'il est toujours plus ou moins méprisé par la virilité. Par cette féminité, il a attiré et accueilli les homosexuels comme aucun autre milieu avant lui. C'est par simplification qu'on définit cette passion de la coquetterie comme négligeable et comme un luxe. En réalité, elle est le moteur de progrès individuels ahurissants, la source d'une intégration sociale qu'on ne devrait jamais dénigrer. D'ailleurs, et je n'ai pensé qu'à cela durant ces derniers mois, d'où viennent-ils, ces gens de la mode tant décriés, si ce n'est de l'appontement d'un *Tesoro,* eux aussi, de leur coin perdu depuis lequel ils rêvaient d'une possibilité d'être différents ? Et ces allures qu'ils se donnent depuis toujours, qu'est-ce que c'est d'autre qu'un air qu'ils prennent, un oxygène permettant de vivre ?

— Oui, mais...

— L'année a été difficile. J'ai découvert la logique des marchands. Bah, ce n'est pas comme si j'ignorais leur existence ! Certains considèrent avec une condescendance humiliante leurs clients. Alors que ces clients, chaque jour, par désir d'avoir un style, se ruinent à acheter des vêtements coûtant, à fabriquer, une somme ridiculement basse.

— S'ils savaient !

— Mais je me dis : quelle importance ? Les marchands ne sont pas la mode. La mode est une transcendance : c'est la part de toi que tu arrives à projeter dans le tissu. Cela n'a rien à voir avec le prix de ce que tu portes. Ce n'est pas pour rien qu'on parle des "tissus" de la peau. Ils peuvent inventer les sacs les plus chers : la façon dont on

La démission

plie le poignet en tenant le sac comptera toujours
davantage que le sac lui-même.
— Qu'est-ce que...
— Les vêtements, c'est la civilisation. Maintenant,
si tu veux savoir, je ne sais plus si ce que je cherche
est ici dans ce milieu. J'ai vu une industrie et j'ai vu
un système. J'ai vu des gens venus avec leur âme et
d'autres qui étaient là pour la leur acheter et j'ai vu
des âmes faciles à vendre. Ai-je vendu la mienne ? Il
me semble que oui, un peu. En tout cas, je la donne
en location chaque fois qu'une fringue – pardon
mais il n'y a pas d'autre mot – est épouvantable et
que moi, puisque c'est mon métier, j'essaie d'en
tirer le meilleur parti possible. Méliné voulait aller
dans la grande élégance, et tu sais mieux que personne à quel point j'ai voulu accomplir sa volonté.
Mais ce paradis de raffinement auquel elle pensait,
je suis certaine maintenant qu'on y va par un autre
chemin. Et je ne sais pas lequel, mais j'ai le temps. Le
voyage ne fait que commencer. Souvent, la nuit, je
rêve que je trouve. Mais je me réveille et je ne sais
qu'une chose : il faut continuer de chercher. J'ai
l'éternité, surtout si on songe que les premières
chaussures chez l'homme datent de douze mille
ans. »
Elle leva son verre :
« Qu'est-ce que ce serait si tu avais prévu d'écrire ! »
Je remontai dans ma chambre, je rédigeai ma
démission.

La vocation

1985

Dans le grand quotidien national où j'entrais à vingt-trois ans, à peine m'avait-on attribué un bureau et une chaise, une ligne de téléphone, l'ombre d'un statut (mon stage terminé, on m'avait embauchée), que je me présentais dans la cahute vitrée du rédacteur en chef, un certain Mauroux. Je demandais si ce serait possible, selon lui, de me confier, enfin s'il m'en jugeait capable, enfin s'il m'en jugeait digne, quelques reportages sur les défilés de mode.

Mauroux avait abaissé son menton pour me regarder mieux, ses lunettes en demi-lune étaient tombées sur son bureau.

« Elle veut la mode. »

Il n'avait moyen de le dire à personne d'autre qu'à moi, puisque nous étions seuls dans la cahute.

Il s'était mis à m'envelopper lentement de son beau regard bleu et froid, peut-être à se demander si je valais la peine, celle qu'il se donnait, déjà, puisqu'il venait de me confier une chronique quotidienne sur l'air du temps, à moi la dernière arrivée. J'avais fait des jaloux. Je débutais et il m'accordait une place royale. Il tenait son monde comme ça, par des largesses soudaines. Sauf que le décevoir, c'était disparaître, il avait droit de vie ou de mort sur nous tous. Moi, pour exorciser sa puissance, je l'avais surnommé : « Mauroux vivant. » Je sus plus tard que, quand on le lui avait rapporté, il avait hoché la tête, un doux sourire d'adoubement aux lèvres. Comme si mon ingratitude confirmait qu'il avait eu raison de me promouvoir.

« Redites-le que vous voulez la mode ?

— Mais je n'ai pas dit...

— Hum... Est-ce que vous ne valez pas mieux, malgré tout ? »

Qu'est-ce que je valais ? J'avais fait les études les plus faciles possibles (littérature), obtenu par relations (mon oncle, expert en construction de barrages) un stage aux Nations unies, failli obtenir par d'autres relations (collègues diplomates de mon oncle) un poste permanent dans cette même organisation. New York, et un avenir. Et puis j'avais saboté ce mirifique embryon de carrière – devenir terminologue (isoler et valider les termes officiels) pour aller travailler dans ce quotidien national français, même pas dans le service mode. Nous passions tant de temps au café d'en bas que, au comptoir, une pancarte lapidaire (de Mauroux) stipulait : «Remontez.» Ne pas se méprendre, les journalistes là-bas avaient la presse aux tripes. Il fallait les voir, dans la journée, taper des mots avec leurs griffes, cette fixité dans le haut du visage, tandis qu'ils étaient en train de restituer ce que, avec force, ils prenaient pour le réel. Leur espoir fou quand une sonnerie dans la rédaction annonçait un «urgent», une mort célèbre ou bien celle d'anonymes dans un attentat. Parce que, un mort célèbre dans un attentat, on n'osait l'espérer, ce serait trop beau. J'étais arrivée et on m'avait déniaisée : «Avec un peu de chance, tu auras un décès.» J'en avais eu un. Une veine. J'avais écrit sur le défunt sans rien connaître de lui, en me décrivant moi-même, un peu. Il paraît que c'est comme ça qu'on touche à la vérité des hommes. Et j'avais été adoubée, par Mauroux y compris. Je m'étais lancée dans cette vie, facile. Acceptée par eux, les excités adorables de l'information. Je savais, au fond de moi, que cette passion des journalistes pour le journalisme, j'étais incapable de l'avoir. J'écrivais depuis l'enfance, j'en étais à mon second roman refusé, mais j'écrivais, j'écrivais, je ne savais que transformer.

«J'aime bien les vêtements, j'avais osé avouer, dans la cahute. Les premières traces de chaussures chez l'homme datent de douze mille ans. Je l'ai entendu à la radio, sur France Culture.»

Maintenant, Mauroux dessinait un tutu de danseuse sur l'article d'un reporter de guerre.

«Est-ce que vous ne donnez pas beaucoup d'importance à des choses qui n'en ont pas, Fontanel? il avait demandé.

— C'est très important, les vêtements.

— Non, ça n'est pas très important.»

J'aimais à la folie qu'il porte invariablement le même pull, d'une affreuse couleur lie de vin.

«Pour commencer, je vais vous offrir des mocassins blancs, j'avais dit.

— Je ne les mettrai pas.

— Si, vous les mettrez.

— Jamais de la vie.

— Si.

— Non.

— Ah bon? Si ce n'était pas si important, alors en quoi ce serait un problème de porter ceci plutôt que cela?»

Il avait pointé le stylo vers moi :

«Espèce de sale petite vicieuse.»

Il continuait de peaufiner son tutu parfait. Et moi, j'attendais. On disait que rompre son silence, cela revenait à mourir dans d'atroces souffrances. Au bout d'un moment, il envoya valdinguer le stylo.

«Va pour la mode. Mais quel gâchis.»

J'avais fait le tour du bureau, je voulais l'embrasser sur la joue. Il avait rentré la tête dans son cou pour se protéger. Le contact le terrorisait, sauf dans certaines circonstances bien précises liées à sa vie privée, racontait-on. Je jubilais : j'avais la mode.

La Vocation

On croit toujours qu'on a vaincu les gens. Au moment où je sortais, le redoutable Mauroux avait encore pu me lancer :

« Un instant, Fontanel. Je vais quand même vous expliquer pourquoi je vous la donne, la mode : vous voyez, je vous observe dans vos grands pantalons, vos grands pulls, ces grotesques chaussures à semelles crantées. Eh bien je vais vous dire : quand on cache son corps comme vous le faites, j'admets que ça commence à ressembler à une vocation. »

Note de l'auteur

Dans un souci d'exactitude, précisons que Méliné n'avait pas deux, mais quatre filles (Anahide, Knar, Aghavnie et Araxie). Et ce n'est pas Méliné qui a tricoté les pulls Schiaparelli mais une autre Arménienne à Paris : Aroosiag Mikaelian, surnommée «Mike». Elle en tricota d'abord un seul, à la demande d'Elsa Schiaparelli, puis une commande de quarante autres pulls suivit.

Ainsi le livre entier, héros et anecdotes, est-il écrit à partir de faits réels, mais dans une totale liberté romanesque.

SF.

P.-S. : J'ai accompagné l'écriture de ce livre sur Instagram (photos d'archives familiales, images illustrant cette année passée à la direction de la mode, avancement du manuscrit). Vous pouvez retrouver tout ça ici : #lavocationsophiefontanel.

Table

Table

La photocomposition de cet ouvrage
a été réalisée par
GRAPHIC HAINAUT
59410 Anzin

Imprimé en France par CPI
en décembre 2015

Dépôt légal : janvier 2016
N° d'édition : 55042/01 – N° d'impression : 3013472

14